A m de un ho ico

I ey

Bianca™

HARLEQUIN™

Editado por HARLEQUIN IBÉRICA, S.A.
Núñez de Balboa, 56
28001 Madrid

A MERCED DE UN HOMBRE RICO, N.º 1948 - 16.9.09
Título original: At the Argentinean Billionaire's Bidding
Publicada originalmente por Mills & Boon®, Ltd., Londres.

I.S.B.N.: 978-84-671-7342-0
Depósito legal: B-28717-2009
Editor responsable: Luis Pugni
Preimpresión y fotomecánica: M.T. Color & Diseño, S.L.
C/. Colquide, 6 portal 2 - 3º H. 28230 Las Rozas (Madrid)
Impresión y encuadernación: LITOGRAFÍA ROSÉS, S.A.
C/. Energía, 11. 08850 Gavá (Barcelona)
Fecha impresion para Argentina: 15.3.10
Distribuidor exclusivo para España: LOGISTA
Distribuidor para México: CODIPLYRSA
Distribuidores para Argentina: interior, BERTRAN, S.A.C. Vélez Sársfield, 1950. Cap. Fed./ Buenos Aires y Gran Buenos Aires, VACCARO SÁNCHEZ y Cía, S.A.
Distribuidor para Chile: DISTRIBUIDORA ALFA, S.A.

Prólogo

TAMSIN se detuvo frente al espejo, con la barra de labios en una mano y un artículo titulado *Cómo seducir al hombre de tus sueños* en la otra. *Sutileza*, decía el artículo, *en realidad significa fracaso*. Pero, a pesar de todo, se le encogió el estómago cuando no pudo reconocer como suyos los ojos pintados con sombra oscura, los pómulos marcados por el colorete o esos labios tan brillantes.

Claro que eso estaba bien, ¿no? Porque tres años adorando a Alejandro D'Arienzo desde lejos le habían demostrado que no podría ir más allá de un «hola» con el hombre de sus sueños si no tomaba medidas drásticas.

Entonces sonó un golpecito en la puerta y, un segundo después, la cabeza rubia de Serena asomó en la habitación.

–Tam, llevas años aquí. Supongo que ya habrás terminad... ¡Ay, Dios mío! ¿Se puede saber qué has hecho?

Tamsin movió la revista que tenía en la mano.

–Aquí dice que no debería dejar nada al azar.

Serena entró en la habitación.

–¿Y especifica que tampoco deberías dejar nada a la imaginación? –le espetó–. ¿De dónde has sacado ese vestido? ¡Se te ve todo!

–Sólo he arreglado un poco el que llevé al baile de fin de curso –dijo Tamsin, a la defensiva.

–¿Ése es el vestido que llevaste al baile de fin de curso? Tamsin, por favor, si mamá se entera le dará un ataque –exclamó su hermana–. No lo has arreglado, lo has masacrado.

Encogiéndose de hombros, Tamsin echó hacia atrás su melena rubia y se dio una vueltecita.

–Sólo le he quitado la sobrefalda.

–¿*Sólo*? –repitió Serena.

–Bueno, también he acortado un poco el bajo. Así está mucho mejor, ¿no crees?

–Desde luego, parece otro –suspiró su hermana.

El escote palabra de honor del corpiño, de aspecto razonablemente pudoroso junto con una falda que caía hasta los pies, de repente parecía otra cosa combinado con una falda por encima de la rodilla, medias negras y el cárdigan que estaba poniéndose en ese momento.

–Pues mejor porque esta noche no quiero ser la patética hija adolescente del entrenador, recién salida del internado y a la que no han besado nunca. Esta noche quiero ser... –Tamsin se detuvo para mirar la revista– «misteriosa y, sin embargo, directa, sofisticada y sexy».

Desde el piso de abajo llegaban risas y voces y la música se abría paso por los pasillos de piedra de Harcourt Manor. La fiesta para anunciar el equipo oficial de rugby de Inglaterra para la próxima temporada ya había empezado y Alejandro estaba allí, en alguna parte. Sólo saber que estaba en el mismo edificio hacía que se le encogiera el estómago.

–Ten cuidado, Tam –le advirtió Serena–. Alejandro es guapísimo, pero también es...

No terminó la frase, mirando las fotografías que cubrían las paredes, como buscando inspiración. La mayoría recortadas de periódicos deportivos y revistas de rugby, mostraban al atractivo Alejandro D'Arienzo desde todos los ángulos. Guapísimo, desde luego, pero cruel y frío también.

–No crees que vaya a hacerme caso, ¿verdad? –suspiró Tamsin, con tono desesperado–. No crees que vaya a fijarse en mí.

Serena miró el rostro de su hermana. Sus ojos verdes brillaban como encendidos por una luz interior y tenía las mejillas coloradas.

–Claro que se fijará en ti, pero eso es precisamente lo que me preocupa.

Sobre la majestuosa chimenea de piedra de la entrada de Harcourt Manor colgaba el retrato de un antepasado de Henry Calthorpe sonriendo maliciosamente contra un fondo de galeones en un mar embravecido. Sobre el cuadro, en extravagantes caracteres antiguos, estaba escrito: *Dios sopló y fueron diseminados*.

Alejandro D'Arienzo lo miraba con expresión irónica. No había ningún parecido entre los dos hombres, aunque parecían compartir el mismo odio hacia la mítica Armada española.

Eso le hizo recordar las historias que su padre le contaba de niño en Argentina sobre sus antepasados, que supuestamente formaban parte de los conquistadores que viajaron desde España al Nuevo Mundo. Esa historia era uno de los pocos fragmentos de identidad familiar que poseía.

Pasando un dedo por el cuello de su camisa miró hacia el enorme pasillo de la mansión, con sus kilómetros de intricadas cornisas y paredes forradas de madera. Sus compañeros de equipo estaban bebiendo y riendo con dignatarios de la federación de rugby y unos cuantos periodistas deportivos que habían tenido la suerte de ser invitados, mientras un grupo de rubias, chicas de la alta sociedad por supuesto, circulaban entre ellos, adulándolos y flirteando sin el menor pudor.

Lord Henry Calthorpe, el entrenador del equipo nacional de rugby, había organizado aquella fiesta a bombo y platillo en su mansión para anunciar los nombres de los jugadores que formarían parte del equipo porque, según él, de esa forma demostraba que estaban muy unidos, que eran una familia.

Alejandro tuvo que sonreír, sarcástico.

Todo en aquella casa parecía haber sido diseñado para demostrar que allí no había sitio para él. Y estaba seguro de que Henry Calthorpe lo había hecho a propósito.

Al principio pensó que estaba siendo exageradamente susceptible, que años en los colegios públicos ingleses lo habían preparado para estar siempre a la defensiva. Pero últimamente la animosidad del entrenador era demasiado obvia. Alejandro estaba jugando mejor que nunca, demasiado bien como para que pudieran dejarlo fuera; pero la realidad era que Calthorpe lo quería fuera y estaba esperando que cometiese el más mínimo error.

Y esperaba que Calthorpe fuese un hombre paciente porque él no tenía la menor intención de cometerlo. Estaba jugando a su mejor nivel y pensaba seguir haciéndolo.

Después de tomarse el champán de un trago, dejó la copa sobre un aparador que parecía particularmente antiguo y miró alrededor con gesto de desdén. Allí no había nadie con quien le apeteciese hablar. Las chicas eran idénticas, todas rubias, todas con ese cortante acento británico que correspondía a una clase determinada, todas bronceadas en la Riviera. Su conversación iba desde la ropa de diseño a comentarios sobre otras chicas con las que habían estudiado y que, parecían pensar, Alejandro conocía también. Varias veces en fiestas como aquélla había terminado acostándose con alguna sólo para hacerla callar.

Pero aquella noche le resultaba particularmente insoportable. La corbata del equipo lo ahogaba y, de repente, necesitaba salir de aquel asfixiante ambiente de complacencia y privilegios.

Pero mientras se abría paso entre la gente para tomar un poco de aire fresco, la vio en la puerta que daba al jardín.

Una chica rubia de pelo largo y aspecto inseguro, en contraste con el vestido demasiado corto y los zapatos de tacón. Aunque no se fijó demasiado en eso; eran sus ojos los que llamaban su atención.

Eran preciosos, verdes quizá, almendrados. La intensidad de su mirada, que podía sentir incluso a distancia, lo dejó cautivado.

Al verlo se había erguido un poco, como si estuviera esperándolo, y bajó una mano temblorosa para estirarse la falda.

–¿Ya te vas?

Hablaba en voz muy baja y, por su tono, casi podría jurar que lo lamentaba.

–Creo que sería lo mejor.

De cerca pudo ver que tras la exagerada sombra de ojos y el invitador brillo de los labios era más joven de lo que había pensado en un principio.

–No –dijo ella entonces–. No, por favor, no te vayas.

Alejandro se detuvo, mirando aquel vestido tan sexy y tan fuera de lugar en aquella mansión. Se había puesto colorada y los ojos que lo miraban bajo unas pestañas larguísimas brillaban más que antes, seductores pero suplicantes.

–¿Por qué no?

La chica tomó su mano y el contacto fue como una descarga eléctrica por todo el brazo.

–Porque yo quiero que te quedes –contestó, con una sonrisa tímida.

Capítulo 1

Seis años después

Cuando sonó el silbato que anunciaba el final del partido fue como estar atrapada en el cuerpo de una gigantesca bestia dolorida. Tamsin, apoyada en la entrada del túnel de vestuarios, no había podido ver el partido, pero sabía por el gigantesco suspiro de decepción que recorrió el estadio de Twickenham que Inglaterra había caído.

San Jorge podía haber matado al dragón, pero había encontrado la horma de su zapato en el equipo de Los Bárbaros.

Aunque eso le daba igual. El equipo podía perder contra un grupo de niñas de seis años... mientras las camisetas no hubieran desteñido.

Cuando intentó moverse, descubrió que le temblaban las piernas. Era el momento de descubrir si todo el trabajo de los últimos meses, y el pánico de las últimas dieciocho horas, habían servido de algo.

Como en sueños, se acercó a la boca del túnel y miró hacia el estadio, que en ese momento le parecía la arena de un circo romano. Con la cabeza baja para evitar la lluvia, los hombros caídos, los jugadores del equipo de Inglaterra volvían resignados a los vestuarios. Tamsin miró a unos y a otros y, a pesar de sus caras de abatimiento y cansancio, sólo pudo sentir alivio.

No habían hecho lo que se esperaba de ellos pero, por lo que podía ver, las camisetas no habían desteñido. Para Tamsin, diseñadora del nuevo y muy publicitado uniforme del equipo nacional de Inglaterra, eso era lo único que importaba.

Ya había tenido que soportar muchos comentarios irónicos sobre la coincidencia de que ese encargo recayera precisamente en la hija del nuevo presidente de la federación nacional de rugby, de modo que cualquier error, por pequeño que fuera, sería un suicidio profesional.

Cansada, se pasó una mano por el pelo corto teñido de rubio platino.

«Por eso es importante que nadie se entere de la crisis de última hora con las camisetas».

Cuando llegó a la entrada del túnel, el viento, que atravesaba el anorak y el delicado vestido de cóctel que llevaba debajo, estuvo a punto de tirarla al suelo. Había salido de una cena benéfica la noche anterior para ir corriendo a la fábrica. Doce horas, numerosas llamadas de ayuda a su hermana Serena y toneladas de café después, tenían suficiente camisetas para todos los miembros del equipo, pero se había pasado el partido rezando para que no hubiera sustituciones. Sólo ahora podía respirar tranquilamente.

Y eso duró diez segundos.

Porque cuando miró la pantalla gigante del estadio el aire desapareció de sus pulmones para ser reemplazado por algo que parecía napalm.

Era él.

Por eso había perdido el equipo de Inglaterra.

Alejandro D'Arienzo había vuelto. Pero ahora estaba jugando para el equipo contrario.

El corazón de Tamsin parecía haber saltado de su

pecho para alojarse en su garganta. ¿Cuántas veces desde aquella noche mágica seis años antes había pensado que volvería a ver a Alejandro? Aunque sabía que había vuelto a Argentina, ¿cuántas veces le había parecido verlo por la calle? ¿Cuántas veces se había acelerado su pulso al ver a un hombre alto y moreno en el interior de un deportivo, sólo para experimentar una punzada de desilusión y alivio a la vez al comprobar que no era él?

Ahora, mirando la pantalla del estadio, sabía que no habría respiro. Porque no había error posible. Aquel cuerpo alto y elegante, los hombros anchos bajo la camiseta blanca y negra de los Bárbaros, el gesto arrogante...

La multitud prorrumpió en aplausos al ver su hermoso y serio rostro sobre las palabras *El hombre del partido*.

Seguía llevando el protector en la boca, lo que acentuaba la sensualidad de sus labios, que sangraban por un pequeño corte. Un pañuelo rojo sujetaba su pelo oscuro y, durante un segundo, la mirada de Alejandro D'Arienzo se clavó en la cámara de televisión.

Era como si estuviese mirándola a ella.

Tamsin quería apartar los ojos de la pantalla, pero no podía hacerlo. Era como volver atrás en el tiempo. Tenía dieciocho años otra vez, emocionada al ver que Alejandro se acercaba a ella...

Los jugadores ingleses estaban en la boca del túnel, aplaudiendo al equipo ganador, pero entonces Ben Saunders, que jugaba con el número diez por primera vez, volvió al centro del campo. Y Tamsin vio que se quitaba la camiseta para ofrecérsela a Alejandro en un gesto de respeto.

El orgulloso argentino vaciló durante un segundo y

la multitud guardó silencio. Todos parecían preguntarse si el antiguo niño de oro del equipo inglés aceptaría la camiseta con la que había conseguido tantos éxitos para el equipo antes de darle la espalda unos años antes.

Y rompieron a aplaudir cuando Alejandro se quitó la camiseta para ofrecérsela a Ben. Su torso, perfectamente definido, y el estómago plano llenaron la pantalla. Algunas mujeres gritaron cuando la cámara se fijó en el tatuaje del sol, el símbolo de la bandera argentina, sobre su corazón.

Tamsin, clavándose las uñas en las palmas de las manos, tuvo que apartar la mirada.

Sí, Alejandro D'Arienzo era guapísimo, eso era indiscutible. Pero también era el hombre más arrogante y frío que había conocido nunca.

Entonces, ¿por qué lo miraba como una adolescente enamorada mientras se dirigía hacia el túnel, poniéndose la camiseta del equipo inglés?

Alejandro llevando una camiseta del equipo inglés.

Una camiseta manufacturada en el último minuto con sangre, sudor y lágrimas... y que Tamsin no podía perder.

Intentó abrirse paso entre los periodistas, entrenadores, preparadores físicos y fans, sus tacones enganchándose en el barro.

–Por favor, tengo que...

Parecía invisible. Había demasiada gente y demasiado ruido como para que alguien se fijara en ella. Los periodistas habían rodeado a Alejandro y Tamsin tuvo que volver atrás.

La camiseta. Tenía que recuperar la camiseta...

Intentó abrirse paso de nuevo, aprovechando su menor estatura para pasar bajo el brazo de un periodista. Alguien tiró de su anorak, pero el miedo le daba fuerzas y se liberó de un tirón.

No hubo tiempo de registrar lo que estaba pasando y mucho menos de evitarlo. Tamsin sintió que caía hacia delante, donde esperaba encontrar un sólido muro de cuerpos, pero el grupo se había dispersado y no había nada.

Afortunadamente, un par de fuertes brazos la sujetaron.

–¡Tamsin, cuidado! –era Matt Fitzpatrick, el número cinco de Inglaterra–. No me lo digas... al verme metiendo un gol has decidido que no puedes vivir sin mí.

Ella negó con la cabeza.

–No, lo que necesito... –Tamsin miró alrededor, buscando a Alejandro–. Le necesito a él.

–Ah, ya veo. Es comprensible –suspiró Matt, levantándola del suelo como si fuera una pluma–. ¡D'Arienzo!

–¡No, espera!

Pero era demasiado tarde. Como a cámara lenta, vio que Alejandro se daba la vuelta y clavaba sus ojos en ella.

Pero luego apartó la mirada, como si no la hubiera reconocido.

–¿Sí?

–Alguien está buscándote –dijo Matt, dejándola en el suelo.

No la reconocía, pensó ella, angustiada. No, claro que no, seis años antes tenía el pelo de otro color, más largo. Y era mucho más joven.

Y no había significado absolutamente nada para él.

No importaba, se decía a sí misma. Que Alejandro hubiera recordado su último y único encuentro habría sido insoportable. El instinto de supervivencia le decía que no mirase a los ojos del hombre que había puesto su mundo patas arriba para alejarse después sin mirar atrás.

Pero su instinto de supervivencia no había contado con el efecto de sus fuertes y musculosas piernas.

–¿Y qué podría querer de mí lady Tamsin Calthorpe?

Ella lo miró entonces, pero sus ojos oscuros eran tan gélidos como el mar del Norte.

De modo que sí la recordaba. Y tenía el valor de mirarla como si fuera ella quien hubiese hecho algo malo. No ser lo bastante atractiva, quizá.

Apretando los labios, Tamsin hizo un esfuerzo para olvidar la pregunta que se había hecho a sí misma miles de veces desde esa noche.

–De ti, nada. Lo que necesito es la camiseta. ¿Podrías quitártela, por favor?

Mirarlo a la cara era un tormento. Debería estar acostumbrada porque la había visto en sus sueños más que a menudo en los últimos seis años, pero ni el más vívido de ellos le hacía justicia a aquella belleza brutal. Magullado y sudoroso, era el bárbaro perfecto.

–Ah, vaya. Han pasado... ¿cinco años? Y veo que nada ha cambiado.

Oh, no, su voz. El acento argentino, que casi había perdido después de tantos años viviendo en Inglaterra, era más fuerte ahora. Desafortunadamente.

Tamsin tragó saliva.

–Seis –lo corrigió. Pero inmediatamente deseó haberse mordido la lengua por darle la satisfacción de recordar exactamente el tiempo que había pasado–. Y yo creo que *todo* ha cambiado.

«Ya no soy tan ingenua como para pensar que el

rostro de un ángel y el cuerpo de un dios pagano convierte a un hombre frío y cruel en un héroe». No lo dijo en voz alta, pero recordar eso le dio fuerzas para mirarlo a los ojos.

–¿Ah, sí? –Alejandro alargó una mano grande, morena, para apartar el flequillo de sus ojos–. Bueno, el color del pelo es diferente, pero no estaba hablando de cosas superficiales. Es lo que hay debajo lo que me interesa –añadió, mirando el precioso vestido de cóctel bajo el enorme anorak y los zapatos de tacón manchados de barro.

–¿Qué quieres decir?

–Seguro que eso de pedirle a un jugador que se quite la camiseta suele dar resultado, especialmente ahora que tu papá es el presidente de la federación de rugby, pero a mí no me afecta. Claro que eso ya lo sabes, ¿no?

Tamsin no pensaba rendirse y no pensaba dejarse afectar por su voz o el roce de su mano. Mirando la cruz roja de San Jorge pintada en la pared del túnel, fingió un tono de profundo aburrimiento:

–Yo sólo quiero la camiseta.

Alejandro dio un paso hacia ella. Los demás jugadores pasaban hacia los vestuarios y el eco de sus voces llenaba el túnel, pero parecía llegar de lejos, de muy lejos. Tamsin tuvo que tragar saliva. La realidad de su presencia actuaba como una droga sobre sus sentidos, haciendo que no pudiera apartar los ojos de su torso, que se sintiera aturdida por el olor a hierba mojada y barro, a hombre.

–Supongo que lo último que desea tu padre es verme con la camiseta del equipo inglés. Al fin y al cabo hizo todo lo que pudo para echarme de él hace seis años.

–Y yo supongo que la camiseta de los Bárbaros es mucho más apropiada para ti, ya que sueles portarte como tal –replicó ella. Sonriendo, Alejandro se dio la vuelta, sus enormes hombros llenando todo el espacio–. ¡La camiseta!

Cuando se giró de nuevo, Tamsin vio un brillo peligroso en sus ojos de tigre y, por un momento, pensó que iba a apartarla de su camino sin más. Pero no lo hizo. Si no lo conociera, diría que lo había hecho por caballerosidad, lo cual era ridículo porque ella sabía mejor que nadie que no había un átomo de decencia en el magnífico cuerpo de Alejandro D'Arienzo.

–Si la quieres, quítamela.

Ella miró alrededor. El túnel estaba empezando a quedar vacío, pero aún había guardias de seguridad y un par de reporteros.

–¿Yo? ¿Que te la quite yo? Eso es ridículo.

–Los dos sabemos que puedes hacerlo porque lo has hecho antes. Pero si no quieres... bueno, entonces no será tan importante.

–Sí lo es –replicó Tamsin tomándolo del brazo.

Pero al rozar su piel fue como si recibiera una descarga eléctrica y tuvo que soltarlo. ¿Por qué no le había pasado eso con nadie en seis largos años, ni siquiera cuando hubiera querido que pasara?

–Si tanto te importa, lo mejor será que me la quite.

Estaba retándola y Tamsin no podía dejar de mirarlo a los ojos, con el corazón latiendo dolorosamente dentro de su pecho.

«Hazlo», se dijo a sí misma. «Eres una adulta, no una ingenua adolescente. Demuéstrale que no puede intimidarte».

Para que no viera que le temblaban las manos, tomó el bajo de la camiseta y tiró hacia arriba mientras Alejandro se quedaba inmóvil, los ojos clavados en su cara.

–Lo estás pasando bien, ¿verdad? –le espetó, airada.

–¿Siendo desnudado tan tiernamente por una mujer? ¿Quién no lo pasaría bien? –replicó él, irónico.

Tamsin se puso de puntillas para pasarle la camiseta por la cabeza, respirando agitadamente por el esfuerzo... y por tener que tocar aquel fabuloso cuerpo mientras trataba de esconder el traidor deseo que despertaba en ella.

Pero, de repente, Alejandro hizo un brusco movimiento hacia atrás y Tamsin cayó sobre su pecho, dejando escapar un gemido de sorpresa.

La puerta del vestuario se había abierto y los jugadores del equipo de los Bárbaros empezaron a silbar y a hacer bromas. Tamsin se quedó inmóvil, sujetando la camiseta sobre el desnudo torso masculino, percatándose de la imagen que debían dar.

Exactamente la que él quería, claro.

–No me digas que tú no lo estás pasando bien –murmuró Alejandro, burlón.

Tamsin se apartó y, de repente, se sintió invadida de una extraña calma. Era como si estuviera eligiendo una emoción de entre una gama de ellas: la rabia asesina era muy tentadora y también la indignación histérica... pero no. Iba a ser difícil, pero pensaba hacer algo más sofisticado.

Sonriendo lánguidamente, tiró de la camiseta hacia abajo para cubrir los marcados abdominales.

–Tápate, D'Arienzo –le dijo–. Cuando he dicho que me gustaba la camiseta me refería sólo a la prenda.

Los jugadores prorrumpieron en gritos y silbidos mientras ella lanzaba una mirada de desprecio sobre

Alejandro. Pero el momento de triunfo duró hasta que la puerta del vestuario se cerró tras él. Entonces se dejó caer sobre la pared, angustiada.

De repente, recuperar la camiseta le parecía el menor de sus problemas.

Sin prestar atención a las bromas de sus compañeros, Alejandro se quitó la camiseta y la tiró despectivamente sobre el banco antes de tomar una toalla para dirigirse a la ducha. No sentía el agotamiento que solía descender sobre él inmediatamente después de un partido. Gracias a ese encuentro con la «gran sacerdotisa de la seducción y la traición» su cuerpo estaba aún cargado de adrenalina.

Adrenalina y otras, más inconvenientes, hormonas.

La zona de las duchas, separada por una pared del vestuario, era un sitio espartano de azulejos blancos, con seis enormes bañeras llenas de agua helada. Las investigaciones médicas habían demostrado que un baño frío inmediatamente después de un partido minimizaba el impacto de las lesiones y ayudaba a recuperarse, pero eso no hacía que la práctica fuese más popular entre los jugadores.

Un australiano gigantesco, Dean Randall, estaba en una de ellas, tiritando de frío.

–Bienvenido al spa de Twickenham, amigo –bromeó, aunque le castañeteaban los dientes–. Yo que tú conservaría puesta la ropa. No es que sirva de mucho, pero...

Alejandro hizo una mueca mientras se metía en el agua helada.

–Prefiero helarme antes que llevar una camiseta del equipo inglés durante más tiempo del necesario

–replicó, cerrando los ojos cuando el agua helada se clavó en su carne como los colmillos de un animal salvaje.

Afortunadamente, el frío se llevó el insistente deseo que reverberaba en su cuerpo desde su encuentro con Tamsin.

–¿Entonces no piensas volver con ellos? –rió Randall.

–Haría falta algo más que una nueva camiseta para que volviera con el equipo de Inglaterra.

«Una disculpa por parte de Henry Calthorpe, por ejemplo. Y de su hija».

–¿Has vuelto para cobrar viejas deudas?

–No, nada de eso. Es un asunto de negocios. Soy uno de los patrocinadores del equipo de Los Pumas.

–¿Los Pumas? –Randall lanzó un silbido de admiración.

–Estoy aquí porque se acerca la Copa del Mundo y es hora de recordar a la gente que Argentina tiene un buen equipo.

Cuando el fisioterapeuta le hizo un gesto con la cabeza, el enorme australiano salió de la bañera y se puso a saltar de un pie a otro para restablecer la circulación.

–Nos hubieran destrozado de no ser por ti. Te debo una copa en la fiesta de esta noche. ¿Piensas ir?

Él asintió con la cabeza. Pero recordar la última fiesta que había celebrado con el equipo de Inglaterra hizo que el agua helada se convirtiese en algo insignificante. El olor a tierra mojada del invernadero de Harcourt, el aroma de su pelo, el tacto aterciopelado de la piel de Tamsin bajo sus temblorosos dedos mientras le quitaba el vestido...

–Muy bien, ya puedes salir, Alejandro –dijo el fisio.

Él no se movió. Un músculo latía en su cuello mientras recordaba aquella noche en Harcourt Manor...

La había dejado en el invernadero, intentando controlar la poderosa oleada de deseo que provocaba en él, para buscar a alguien que pudiese prestarle un preservativo. Le dijo que volvería enseguida y entró de nuevo en la casa... para darse de bruces con Henry Calthorpe.

Su gesto de furia le dijo de inmediato quién era la chica que lo esperaba en el invernadero. Y qué significaría eso para su carrera. Acababa de darle Henry Calthorpe la excusa que estaba buscando para echarlo del equipo.

–¿Eres masoquista D'Arienzo? Vamos, sal de la bañera de una vez.

Una excusa tan perfecta que resultaba imposible creer que hubiera ocurrido por casualidad.

Alejandro se levantó, dejando que el agua helada cayese en cascada por su cuerpo antes de salir de la bañera. Eso explicaba que hubiera sido tan directa. Había pensado que era una chica ingenua, sincera, pero en realidad era todo lo contrario.

Le había tendido una trampa.

De vuelta en la zona de vestuario, tomó la camiseta de Inglaterra y la miró, pensativo. El nuevo diseño era llamativo e innovador y, a pesar todo, se sintió impresionado. Si aplicasen esos principios de diseño y tecnología al uniforme del equipo de polo, jugar bajo el sol del verano argentino que acababa de dejar atrás sería más soportable.

Estaba a punto de guardarla cuando se fijo en el número.

El diez.

Por un momento había olvidado que aquello era

mucho más que una prenda ingeniosamente diseñada. Aquella camiseta, con el número diez, era lo que él había deseado durante años. Entonces había sido su objetivo, su destino, su santo grial. Y lo había logrado a costa de sangre, sudor y lágrimas.

Para que se lo quitasen de golpe, gracias a Tamsin Calthorpe.

Alejandro tiró salvajemente la camiseta en la bolsa de deporte. Quería que se la devolviera, ¿no? Bueno, pues sería interesante averiguar hasta dónde llegaría esta vez para conseguirla. Porque no pensaba devolvérsela tan fácilmente.

Tamsin Calthorpe había sido directamente responsable de que perdiera su puesto en el equipo de rugby inglés y tenía una deuda pendiente con él.

Y él siempre cobraba todas sus deudas.

Capítulo 2

HUMILLANTE no describe lo que pasó –se lamentó Tamsin, saliendo de la bañera con el móvil en la mano–. Hubiera sido desagradable que no me recordase, pero ha sido un millón de veces peor. Así que está claro que no puedo ir a la fiesta.

–No seas boba –dijo Serena–. Tienes que ir. No puedes dejar que te afecte de esa manera.

–Sí, claro, es muy fácil decir que no puedo dejar que me afecte, pero la realidad es que me afecta. No es sólo por lo que ha pasado hoy, es que hace seis años...

–Exactamente, seis años, eras una adolescente –la interrumpió su hermana–. De jóvenes todos cometemos errores que lamentamos después.

–Tú no –replicó Tamsin–. Lo hiciste tan bien que Simon prácticamente se había puesto de rodillas para ofrecerte un anillo antes de que le dieras el primer beso. Yo, por otro lado, estaba tan loca por Alejandro que me vestí como una fresca y no me molesté en decirle quién era antes de lanzarme sobre él.

–¿Y qué? fue hace seis años, Tam, olvídate de una vez. Como he dicho antes, todos cometemos errores y luego seguimos adelante en la vida.

–Lo sé, pero...

Tamsin sabía que su hermana tenía razón. En teoría. «Seguir adelante» sonaba tan sencillo, tan lógico. Entonces, ¿por qué no había podido hacerlo? Serena no sabía hasta dónde habían llegado esa noche y cómo seguía afectándola.

–Cariño, déjalo ya.

–No puedo.

–Lo de esta noche tiene que ver con tu trabajo, no con tu vida amorosa. ¿No tenías que ir a la fiesta para mostrar al público el nuevo uniforme del equipo?

–Sí, ya...

–Todos esos idiotas que creen que has conseguido el encargo por ser hija de quien eres estarán encantados al ver que no apareces por culpa de ese tío.

–¿Qué? ¿Quién ha dicho que he conseguido el encargo gracias a papá?

–Nadie en particular –la tranquilizó Serena–. Aunque Simon me contó que ese artículo en *Sports Journal* insinuaba...

–¡Es increíble! –Tamsin entró en el dormitorio dejando la marca de sus pies mojados sobre el suelo de madera–. ¿Cómo se atreven a decir algo así? ¿Es que no investigan antes de publicar mentiras? ¿No saben que tengo un título en diseño textil y que tuve que vérmelas con mucha competencia para conseguir el encargo? ¿No saben que Coronet ganó el premio a la marca revelación en los Premios de la Moda el año pasado?

–No sé si ellos lo saben, pero yo sí lo sé –contestó su hermana–. Y es con los periodistas con los que tienes que enfadarte, no conmigo. Aunque, claro, si no vas a la fiesta, no podrás hacerlo. Tendrás que dejar que el uniforme hable por sí mismo. Ah, por cierto, los trajes oficiales son estupendos y, por lo que me ha dicho Simon, las nuevas camisetas...

Tamsin, que se había tirado sobre un montón de ropa descartada encima de la cama, dejó escapar un gemido.

–¡La camiseta! Casi se me había olvidado. Tengo que recuperarla, Serena. Si no lo hago, me machacarán en la conferencia de prensa, y eso es lo último que necesito.

–¿Cómo van las cosas en Coronet?

–Mal. Mientras yo lidiaba con la crisis de las camisetas, Sally me dejó un mensaje diciendo que otro cliente se había echado atrás porque no le ofrecíamos exclusividad. ¿Y cómo vamos a ofrecerla si esas tiendas que lo venden todo a precio de fábrica nos copian los diseños incluso antes de que salgan al mercado?

–Dicen que la imitación es la más sincera forma de admiración, cariño –opinó Serena–. Y la crisis de las camisetas no fue culpa tuya. La fábrica se equivocó con el tinte. Menos mal que se te ocurrió hacer una prueba antes del partido –su hermana soltó una carcajada–. De no ser así, los jugadores ingleses habrían tenido que jugar medio partido vestidos de rosa.

–Ya, pero como a la prensa le encanta atacarme a mí, no creo que ellos lo vean de la misma manera –Tamsin se levantó para abrir el armario–. Y por eso no puedo permitir que esa camiseta se pierda.

–¿Qué es ese ruido? ¿Qué haces?

–Buscando algo que ponerme.

–¿Eso significa que vas a ir a la fiesta?

–Sí, voy a la fiesta –suspiró ella, sacando un vestido verde agua y devolviéndolo después al armario–. Estoy harta de que se aprovechen de mí. Alejandro D'Arienzo ha elegido un mal día para sacarme de quicio. Ya me hizo polvo la última vez que nos vimos y no pienso dejar que me haga lo mismo ahora. Se ha llevado algo que es mío y pienso recuperarlo.

–¿Estamos hablando de la camiseta?

–Entre otras cosas –contestó Tamsin–. Cada vez

que pienso en esa noche y en lo que sentí al darme cuenta de que me había dejado plantada... pensé que nada sería peor que saber que no me encontraba atractiva, pero deberías haber visto cómo me miraba esta noche. Es como si me odiara, como si no sintiera más que desprecio por mí.

–No digas eso, Tam. Que piense lo que quiera, tú eres una persona brillante y maravillosa.

Ella se detuvo para mirarse al espejo. Como siempre, sus ojos fueron automáticamente hasta su brazo derecho... y tuvo que apartar la mirada.

–Sí, seguro, maravillosa. Ve a hacerte otro bocadillo de chocolate y déjame en paz, anda. ¿No sabes que tengo que vestirme para una fiesta?

–Antes tienes que decirme qué vas a ponerte. Ahora que estoy condenada a pasar los próximos meses con ropa premamá, lo único que me gusta es la ropa ajustada, así que tendré que disfrutar a través de ti. Tienes que ponerte algo que diga: «Glamurosa, segura de sí misma, fuerte, misteriosa, sexy pero absolutamente intocable».

Tamsin sacó del armario un vestido de seda gris tan ligero como el aire y lo miró, pensativa.

–Exactamente.

–Estás guapísima, cariño –Henry Calthorpe apenas levantó la mirada del periódico mientras Tamsin se dejaba caer en el asiento trasero del coche, a su lado–. Bonito vestido.

–Gracias, papá.

Tamsin tuvo que contener una sonrisa. Agradecía el cumplido, pero sería muy agradable que, por una vez, se molestase en mirarla. Entonces habría visto que el vestido no era sólo «bonito», era un triunfo. Era su diseño favorito de la nueva colección: la seda, fina como una tela de araña, se ajustaba al busto con unas bandas de terciopelo plateado que seguían hasta la espalda, dándole aspecto de túnica griega, y las mangas largas y semitransparentes caían sobre sus manos. Naturalmente, su padre no sabía nada de moda, pero se habría dado cuenta si llevara un vestido sin mangas.

–Te alegrará saber que los comentarios sobre el diseño del uniforme son muy positivos en general –dijo Henry Calthorpe–. Una pena que en las fotografías que han publicado no lo lleve puesto ninguno de nuestros jugadores.

Luego cerró el periódico y lo dejó sobre el asiento, pero no antes de que Tamsin viera una fotografía de Alejandro saliendo del estadio con la camiseta del equipo inglés. El pie de foto decía: *Conquistador bárbaro*.

En el silencioso interior del Mercedes, su corazón latía con tal fuerza que le sorprendía que su padre no lo oyera. Pero, intentando disimular el temblor de sus manos, tomó el periódico empezó a leer:

El antiguo héroe del equipo inglés, Alejandro D'Arienzo, hizo una visita al estadio de Twickenham esta tarde en un partido disputado entre Inglaterra y Los Bárbaros. En una sorprendente exhibición de habilidad deportiva, el Adonis argentino ayudó a Los Bárbaros a conseguir la victoria por 36-32, tras la cual Ben Saunders le entregó su camiseta en un gesto de merecida admiración.

El público estaba encantado de ver a D'Arienzo de nuevo con el número diez, el puesto que ocupó durante sus tres años como jugador del equipo nacional. Su carrera internacional terminó abrupta y misteriosa-

mente hace seis años entre rumores de desacuerdos con el entonces entrenador, Henry Calthorpe, y D'Arienzo volvió a su país, donde se ha ganado una formidable reputación en el mundo del polo como patrocinador y jugador del equipo de San Silvana.

Ambas partes han mantenido el silencio sobre los acontecimientos que llevaron a esa deserción, pero su exhibición de hoy y los rumores que indican que podría jugar para Los Pumas, deben hacer que Calthorpe se pregunte si habría hecho mejor tragándose su orgullo y manteniéndolo en el equipo...

–No publican más que tonterías –dijo su padre, mientras Tamsin doblaba el periódico y lo dejaba en el asiento.

–Pero nunca te gustó Alejandro, ¿verdad?

De repente, Henry Calthorpe parecía tremendamente interesado en el paisaje al otro lado de la ventanilla.

–No confiaba en él. Era un peligro y no tenía lealtad alguna hacia el equipo. Con ese tatuaje horrible que lleva en el pecho... pero la prensa olvida eso ahora, ¿no?

Tamsin contuvo el aliento al recordar la imagen del torso masculino en la pantalla del estadio. Cuando era adolescente había recortado una fotografía de una revista deportiva que lo mostraba desnudo de cintura para arriba durante una sesión de entrenamiento. Incluso ahora, años después, seguía recordando el deseo que despertaba en ella ese tatuaje.

El coche se detuvo y los fogonazos de las cámaras le dijeron que habían llegado al hotel donde tendría lugar la fiesta. Tamsin parpadeó, haciendo un esfuerzo por volver al presente.

–Después de la vergonzosa actuación del equipo no sé qué quieren celebrar –suspiró su padre–. Y será mejor que hagas las fotografías de inmediato, mientras haya alguna esperanza de que le hagan justicia a tus trajes. Si esperas un poco, estarán todos borrachos y cantando canciones obscenas. Vamos, Tamsin.

–Sí, tienes razón –murmuró ella, aceptando la mano que le ofrecía–. Como los fotógrafos prefieren esas fotos ridículas del equipo levantándome como si fuera una pelota de rugby, prefiero estar en manos de personas más o menos sobrias.

Henry Calthorpe se puso tenso de inmediato. Y era culpa de Alejandro que no hubiera pensado bien lo que decía. Porque la legendaria obsesión protectora de su padre estaba a punto de asomar la cabeza.

–Eso es ridículo. No voy a dejar que mi hija sea manoseada por todo un equipo de rugby como si fuera una conejita de Playboy. Hablaré con el fotógrafo y le dejaré claro que...

–No, papá, no le digas nada. Conseguí este encargo por mis propios méritos y haré las relaciones públicas como me parezca bien –lo interrumpió ella.

Henry, sin decir nada, se apartó para subir los escalones del vestíbulo.

Era un hombre imposible, pensó Tamsin. A Serena eso no le importaba porque sabía cómo hacer que comiera en la palma de su mano con una simple sonrisa, mientras ella tenía que discutir y...

–Por favor, papá –le rogó, intentando poner la misma carita de niña buena que ponía su hermana–. Sólo serán un par de fotografías.

De inmediato, el brillo airado en los ojos grises de Henry Calthorpe se suavizó.

–Muy bien, de acuerdo. Tú sabes lo que haces.

–Gracias, papá.

Sonriendo, Tamsin se dio la vuelta para dirigirse hacia la zona donde estaban los jugadores, conteniendo el deseo de levantar el puño en el aire, pero con una sonrisa de triunfo en los labios que Serena habría sabido disimular.

Alejandro estaba en la escalera, su rostro tan impasible como los retratos que colgaban de las paredes forradas de madera mientras observaba la escena que tenía lugar abajo.

«Por favor, papá. Gracias, papá».

Tuvo que hacer un esfuerzo para no soltar una carcajada ante su falsa dulzura, pero un segundo después Tamsin se alejó y la dulce expresión se convirtió en una sonrisa de triunfo.

Una manipuladora.

Nada había cambiado, pensó amargamente mientras volvía a su habitación. Se había cortado el pelo y lo llevaba teñido de rubio platino, pero la actitud y la arrogancia de niña rica seguían estando ahí.

De vuelta en su habitación miró el reloj antes de levantar el teléfono. Serían alrededor de las cinco en Argentina y los mozos estarían guardando los caballos en las cuadras. Las dos prometedoras yeguas que había comprado un mes antes en Estados Unidos para la nueva temporada de polo habían llegado el día anterior y estaba deseando saber cómo se encontraban.

Giselle, su ayudante en San Silvana, le aseguró que los animales estaban bien. Se habían recuperado después del largo viaje y el veterinario le había asegurado que estarían descansadas cuando volviese a Argentina.

Alejandro se sintió un poco mejor después de hablar con ella. No por su bonita voz, sino porque le gustaba recordar la finca de San Silvana, sus prados y sus establos llenos de caballos. Eso era real, era suyo.

Volver a Inglaterra había despertado inseguridades olvidadas tiempo atrás, pensó, irónico. Había llegado muy lejos, pero bajo el elegante traje de chaqueta, la camisa de Savile Row y la corbata de seda, aparentemente seguía estando el chico que no tenía familia ni raíces en ningún sitio.

Cuando bajaba de nuevo al vestíbulo vio a los jugadores del equipo inglés, todos con traje de chaqueta, colocados en dos filas. El fotógrafo intentaba convencerlos para que dejasen de hacer el tonto y mirasen a la cámara, pero era imposible.

–¡Cincuenta libras por cambiar de sitio con Matt Fitzpatrick! –gritó alguien en la fila de atrás.

–¡Yo ofrezco cien! –rió otro.

–Ofertas sensatas, por favor, señores –dijo el interesado.

Alejandro entendió la broma al ver a Tamsin Calthorpe, las mejillas enrojecidas y el pelo brillando como el sol bajo los focos del fotógrafo, siendo alzada como una reina por los jugadores de la primera fila. La enorme mano derecha de Matt Fitzpatrick, que exudaba orgullo neandertal, rozando su pecho izquierdo.

Las piernas desnudas y los pies descalzos parecían tan delicados como el tallo de una flor en las manazas de otro de los jugadores. Al lado de las caras magulladas y recias de los hombres, la piel de Tamsin brillaba como si fuera de satén.

–¿Por qué te ha tocado el mejor puesto, Fitzpatrick? –gritó alguien.

Tamsin soltó una alegre carcajada, y para Alejandro ese sonido fue como el chirrido de uñas en una pizarra.

–Tengo más experiencia que tú, Jones.

De modo que eso era lo que le había pedido a su padre: permiso para aparecer en la foto del equipo. Recordaba su tono suplicante cuando tomó su mano, diciendo: «Sólo serán un par de fotografías».

¿Aquella mujer no tenía orgullo? Alejandro la miró con desprecio mientras se apoyaba en una columna. ¿Qué era, una especie de mascota del equipo? Estaba claro que *conocía* bien a todos los jugadores.

¿Con cuántos de ellos se habría acostado?

Ese pensamiento había aparecido en su cabeza sin que pudiese evitarlo y tuvo que hacer un esfuerzo para controlar la amargura que despertó.

Los jugadores empezaron a aplaudir cuando dos de ellos, siguiendo las indicaciones del fotógrafo, la levantaron sobre sus hombros. Riendo, Tamsin echó la cabeza hacia atrás y giró la cabeza...

Alejandro comprobó que la sonrisa moría en sus labios al verlo.

En ese momento supo a quién le recordaba: a las rubias que poblaban las fiestas después de cada partido. La chica que había pensado era diferente se había convertido en una de esas mujeres a las que él tanto despreciaba.

Una rubia de la alta sociedad cuya piel de seda escondía una vena despiadada. Una coqueta profesional, una manipuladora cuyas sonrisas no contenían verdad alguna.

Y, a juzgar por su expresión en ese momento, parecía saber que la había descubierto.

No, no, no.

No podía tener tan mala suerte. Mientras los jugadores la dejaban en el suelo, Tamsin se apartó el flequillo de los ojos y levantó la mirada hacia la galería donde una sombra había llamado su atención. Una figura que, por un momento, le había parecido...

Oh, no. Era él.

Alejandro D'Arienzo, apoyado insolentemente en una columna. Aunque su rostro estaba en sombras, cada línea de su poderoso cuerpo parecía comunicar un burlón desprecio.

El fotógrafo intentó llamar la atención de los traviesos jugadores.

–A ver, ¿estamos preparados? Por favor, los dos que flanquean a la señorita Calthorpe... ¿podrían mirarla, por favor?

Tamsin escuchaba las bromas de los jugadores, pero su mirada estaba clavada en la figura de Alejandro.

–Fabuloso –dijo el fotógrafo–. Muy sexy, señorita Calthorpe. Ahora, por favor, levante los hombros. Matt... muy bien, perfecto.

Alejandro D'Arienzo había roto algo dentro de ella y por mucha atención masculina que recibiese...

–Tamsin, estás guapísima. Pon una mano en el torso de Matt... sí, así, muy bien.

... nunca podía creer que de verdad estaban interesados en ella.

–El forro rosa de la chaqueta tiene que salir en la foto. Apártala un poco de su hombro, Tamsin. Sí, así... perfecto –seguía diciendo el fotógrafo.

Tal vez había llegado el momento de demostrarle al arrogante D'Arienzo, y a sí misma, que no todos los hombres la encontraban poco atractiva. Durante seis años se había rodeado de un bosque de espinas, manteniendo a raya a los hombres con una interminable cadena de gestos distantes o réplicas irónicas, pero le demostraría que era atractiva y sexy.

Sin embargo, mientras metía la mano bajo la chaqueta de Matt, no era en él en quien estaba pensando. Levantando la barbilla en un gesto retador, Tamsin buscó los ojos de Alejandro y...

Fue como si una trampa se cerrase sobre ella, fría, dura, implacable. Él estaba observándola, la luz que llegaba de abajo acentuando sus duros rasgos. Mientras la miraba, sacudía la cabeza en actitud desdeñosa.

Y luego se dio la vuelta como había hecho seis años antes. Se alejó sin mirar atrás, dejándola apesadumbrada y sola.

Capítulo 3

BOLA azul a la tronera de la izquierda.

Alejandro guiñó los ojos mientras colocaba el taco sobre la mesa de billar. Era un golpe difícil y en su reto personal aquello era una muerte súbita.

Si lo conseguía, seguiría jugando. Si fallaba, tendría que salir y unirse a la fiesta. Para ver a Tamsin Calthorpe flirtear con los miembros del equipo de rugby. Y, a juzgar por lo que había visto antes, seguramente también con los del equipo contrario.

Quizá era una suerte que no fallase nunca.

Al otro lado de la puerta del salón de billar podía oír las risas de los jugadores. Como patrocinador del rugby argentino debería estar ahí fuera, pensó. Después del partido de aquel día era el hombre con el que todo el mundo quería hablar y debería capitalizar ese interés para Los Pumas. Al fin y al cabo, era por eso por lo que había vuelto.

Pausadamente, colocó el taco en posición y cerró el ojo izquierdo para juzgar el mejor ángulo antes de mover la muñeca. Con un golpe seco, la bola azul cayó limpiamente en la tronera izquierda.

Alejandro se irguió. No tenía el menor deseo de salir para mezclarse con los mejores del mundo del rugby, pero una parte de él disfrutaría viendo a lady Calthorpe en acción. Seis años antes había sido una adolescente torpe, con una actitud desafiante y tímida a la vez... pero que lo había afectado mucho más poderosamente que la invitacion sexual de aquella noche.

Tanto como para nublar su buen juicio.

Desde entonces, Tamsin había cambiado mucho y, como resultado, no tenía que quedarse entre las sombras para llevar a cabo los sórdidos manejos de su padre. Ahora Henry Calthorpe era el presidente de la federación y, a juzgar por la sesión fotográfica que acababa de presenciar, el equipo se había convertido en un patio de juegos para su caprichosa hija.

Con repentina violencia, Alejandro tiró el taco sobre la mesa y se colocó frente a la chimenea.

Henry Calthorpe era demasiado importante ahora para invitar a «la tropa» a su casa, pero había elegido aquel hotel porque era un sitio muy parecido: una típica casa de campo inglesa con sala de billar, sillones de orejas y cuadros con escenas de caza en las paredes. La lámpara que colgaba sobre la mesa de billar hacía que las bolas brillasen como joyas en una piscina de color esmeralda y el fuego de la chimenea iluminaba una bandeja de botellas y decantadores del más fino cristal.

Tomando una copa, Alejandro se sirvió una generosa cantidad de vino. Acababa de dejarse caer en un sillón cuando la puerta se abrió tras él para volver a cerrarse rápidamente. Sin moverse, atónito, vio a Tamsin reflejada en el espejo que había sobre la chimenea.

La vio acercarse a la mesa de billar y apoyarse en ella, dejando caer la cabeza como si estuviera intentando recuperar el control de sus emociones.

Lo primero que pensó fue que estaba esperando a alguien que pronto se reuniría con ella, pero la puerta no volvió a abrirse. Y un minuto después, cuando levantó la cabeza, comprobó que el color de sus mejillas y su agitada respiración no eran provocados por el deseo, sino por la furia.

Tomando el taco que él había tirado, se inclinó sobre una de las bandas y lanzó un violento golpe que envió las bolas volando en todas direcciones.

La bola blanca rebotó contra una de las bandas, enviando la marrón a una de las troneras. Y aún sin darse cuenta de su presencia, Tamsin levantó el puño en gesto de triunfo.

–Un golpe de suerte.

A través del espejo vio que se quedaba helada, el taco en la mano como si fuera un arma.

–¿Quién ha dicho que la suerte ha tenido algo que ver?

Su tono era frío y superior, pero parecía nerviosa mientras miraba alrededor buscando a la persona que había hablado. Tenía la cabeza erguida, los hombros tensos y el gesto de alerta. Parecía curiosamente vulnerable, como un cervatillo asustado.

–Era un golpe difícil –Alejandro se levantó del sillón y sintió cierta satisfacción al ver su cara de sorpresa.

–Precisamente. ¿Para qué iba a intentarlo si fuera un golpe fácil?

Fue él entonces quien se quedó sorprendido. Porque cuando Tamsin se acercó a la ventana comprobó que su vestido, que antes le había parecido tan pudoroso, dejaba toda la espalda al descubierto.

–¿No me crees?

–Francamente, no –dijo él, acercándose. Se había quitado la chaqueta y desabrochado un par de botones de la camisa, la corbata suelta cayendo sobre la pechera. Tenía un aspecto aparentemente relajado, pero Tamsin se alegró al ver que apretaba los dientes.

–¿Por qué no?

–No pareces la clase de persona que se esfuerza mucho para conseguir lo que quiere.

La injusticia de esa observación era tan enorme que estuvo a punto de soltar una carcajada.

–¿Ah, no? Me parece que ese comentario dice más sobre ti que sobre mí, Alejandro.

Por un momento le pareció ver un brillo de emoción en sus ojos... pero no, se había equivocado. Era como mirar los ojos de un tigre de cerca; un predador hambriento.

–¿Qué dice eso de mí?

Hablaba con voz pausada, pero había algo siniestro en esa calma suya. El contraste entre la inmaculada camisa blanca y los labios un poco hinchados después del partido le daba a su masculinidad un toque de peligro. Tamsin sintió un cosquilleo en la nuca... lo cual era ridículo. Ella no le tenía miedo. Estaba furiosa con él.

–Que eres un resentido. Y un misógino arrogante y primitivo, de los que creen que las mujeres existen para un propósito y nada más.

–¿Y no crees que tú estás perpetuando ese estereotipo? –sonrió Alejandro.

Tamsin sintió que el suelo se abría bajo sus pies. Las paredes forradas de madera parecían ahogarla mientras recordaba a la chica que seis años antes, vestida como una fresca, se había lanzado sobre él sin decirle su nombre siquiera.

–Te recuerdo que eso fue hace mucho tiempo... cuando yo era una adolescente.

–¿Y cuántas veces ha ocurrido desde entonces?

Ni por todo el oro del mundo dejaría Tamsin que viera cuánto le había dolido su rechazo y lo desastrosas que habían sido las consecuencias, de modo que intentó sonreír, aparentemente despreocupada.

–No lo sé, pero no creo que sea asunto tuyo. Además, ¿vas a decirme que tú has vivido como un monje durante todos estos años?

–No, no voy a hacerlo.

–¿Y no te parece demasiado esperar que yo sí lo haya hecho? ¿Qué creías, que iba a quedarme en casa llorando sólo porque tú no estuvieras interesado? Por favor...

–Ya he visto que no es así –dijo él, tomando el taco e inclinándose sobre una de las bandas–. El equipo de rugby parece ser tu agencia personal de acompañantes.

–No, son mis clientes.

–¿No me digas?

–Pues sí, te digo. Son mis clientes porque yo soy la diseñadora que ha creado los nuevos uniformes del equipo.

Su expresión de sorpresa fue rápidamente reemplazada por una de cinismo.

–¿Ah, sí? Qué interesante.

–Para ti, no lo creo. Para mí, por supuesto –replicó ella.

En ese momento se abrió la puerta y Ben Saunders entró en la sala, tambaleándose ligeramente.

–Ah, perdón por interrumpir... –se disculpó, malinterpretando la tensión que había en el ambiente. Pero cuando iba a salir, Tamsin lo agarró del brazo.

–No, espera. ¿Te importaría decirle a Alejandro quién ha diseñado los nuevos uniformes del equipo?

–Tú... ¿no? –respondió el chico, inseguro.

Ah, genial, estupendo, muy convincente.

–Sí, Ben, yo. Gracias, hombre. Pero deberías ir a tomar un vaso de agua o un café bien cargado –suspiró

Tamsin. Cuando la puerta se cerró de nuevo, se volvió hacia Alejandro–. ¿Me crees ahora?

–Eso no demuestra absolutamente nada –había malicia en los ojos oscuros mientras tomaba su copa de nuevo–. Supongo que es una cuestión de relaciones públicas que tu nombre aparezca como diseñadora del uniforme, pero no esperarás que crea que has sido tú quien ha hecho el trabajo, ¿no?

–¿Por qué no? –preguntó ella, desconcertada.

–El diseño de equipamiento deportivo es un negocio increíblemente competitivo.

–Pues claro que lo es. Lo sé porque he sido *yo* quien ha conseguido el encargo.

–¿Y cómo lo has conseguido, lady Calthorpe, gracias al puesto de tu padre en la federación? ¿O gracias a tu investigación personal sobre los cuerpos de los jugadores?

Tamsin tuvo que hacer un esfuerzo para no salir de allí y dejarlo con la palabra en la boca.

–No, qué va –respondió, sin dejarse llevar por la ira–. Más bien gracias a un título en diseño textil y a mis estudios sobre tejidos tecnológicos. Tuve que competir con varias empresas para conseguir este encargo y lo logré exclusivamente por mis méritos.

–¿Ah, sí? Entonces debes de ser muy buena.

–Lo soy.

No tenía sentido hablar con aquel grosero. Y si se quedaba un segundo más no podría evitar decirle lo que pensaba de él, de modo que sonrió de manera fría y distante mientras se acercaba a la puerta.

–No tienes por qué creerme. Pero si le echas un vistazo a mi trabajo, lo verás por ti mismo.

–Lo he visto, al menos en las camisetas. Tengo una, ¿recuerdas?

–Sí, claro. ¿Cómo iba a olvidarlo?

Alejandro dio un paso hacia ella con expresión de triunfo.

–Antes parecías muy decidida a quitármela. Pero parece que ya no es tan importante para ti.

Tamsin tragó saliva. No resultaba fácil ordenar sus pensamientos cuando lo tenía tan cerca. Cerró los ojos un momento, intentando borrar su imagen, pero el aroma de su colonia parecía envolverla...

–Es muy importante para mí –le dijo, abriendo los ojos de nuevo–. Me temo que tendrás que devolvérmela.

–¿La necesitas? Si eres la diseñadora, debes tener montones de ellas.

–No, no es tan sencillo...

–Ya me lo imaginaba –la interrumpió él–. No es por la camiseta, ¿verdad? Es el principio lo que cuenta. Y tu padre no quiere ver la rosa inglesa en un pecho argentino.

–¿Qué?

Alejandro alargó una mano para tocar su cara, pasando la yema del pulgar por su mejilla.

–Espero que sepas diseñar mejor que mentir.

–No estoy mintiendo –Tamsin se apartó de golpe–. Esto no tiene nada que ver con mi padre. Hubo un problema en la producción de las camisetas... lo descubrimos ayer, a última hora. Cuando descubrí que el tinte de la franja central perdía color tuve que ponerme en contacto con la fábrica urgentemente y empezar de nuevo, pero sólo pudieron hacer camisetas suficientes para cada jugador. Por eso necesito que me devuelvas la tuya. Si no, en la fotografía oficial, Ben Saunders tendrá que salir sin camiseta...

–Pensé que eras una buena diseñadora –dijo él entonces, irónico–. ¿Contra quién tuviste que competir, contra algún principiante?

–Puedo competir con los mejores, no te equivoques –replicó ella, haciendo un esfuerzo sobrehumano para contener su furia–. Pero me marcho. Estoy *encantada* de haber vuelto a verte, pero tengo que volver a la fiesta. Si no te importa devolverme la camiseta...

–Lo siento, pero no me creo el numerito de la diva ofendida.

–¿Qué quieres, que te lo suplique?

–No estaría mal, pero quizá en otra ocasión –Alejandro se inclinó un poco hacia delante, como si fuera a tocarla, y Tamsin dio un paso atrás–. Dices que puedes competir con los mejores, ¿no? Veamos si estás diciendo la verdad –dijo entonces, ofreciéndole un taco de billar.

–No te entiendo. ¿Qué quieres decir?

–¿Quieres que te devuelva la camiseta? Pues entonces tendrás que ganártela.

Capítulo 4

ALEJANDRO sintió una primitiva satisfacción al ver un brillo de miedo en los ojos verdes.

–No digas tonterías –le espetó Tamsin, mirando el taco como si fuera una pistola cargada–. ¿Jugar ahora, contigo? No, qué tontería. Además, ¿por qué tengo que demostrarte nada? ¿Y qué tiene que ver el billar con las camisetas?

Él apretó los labios. Estaba ofreciéndole una oportunidad de demostrar lo que valía. No iba a ganar, por supuesto, pero le habría dado cierto crédito, y quizá la camiseta, por intentarlo al menos.

Y darle crédito a Tamsin Calthorpe no era algo que le resultase precisamente fácil.

–¿Te da miedo perder? –le preguntó, sarcástico.

–No suelo jugar al billar, tengo otras cosas que hacer.

–Ya, claro. Supongo que no estás acostumbrada a perder y, desde luego, yo no pensaba ponértelo fácil sólo porque tu padre sea lord Calthorpe.

–No es la idea de perder lo que me molesta, es la idea de tener que seguir en tu compañía lo que me resulta infinitamente desagradable.

–Ah, no te preocupes por eso. No tardaré mucho en destrozarte.

–¿Destrozarme? –rió ella–. No lo creo.

–¿Entonces te quedas o te vas?

–No pienso ir a ningún sitio hasta que me devuelvas la camiseta –replicó Tamsin, moviéndose hacia el otro lado de la mesa.

Alejandro sintió que algo apretaba su pecho, y sus pantalones, mientras observaba el sinuoso movimiento de su trasero.

–¿Estás dispuesta a jugar?

–¿A qué, al billar americano?

La luz de la lámpara caía sobre su cabello de color platino, dándole una apariencia de ángel rebelde. Lo miraba con insolencia, sin parpadear.

–Si eso es lo que quieres...

–Pensé que estarías acostumbrado a eso, es el que se juega en los bares.

Alejandro tuvo que apretar los dientes. Para ella seguía siendo el chico de ningún sitio, el impostor en el privilegiado círculo social que formaban los jugadores del equipo inglés.

–Puedo jugar a cualquier cosa, *lady Calthorpe*. Pero quizá tú prefieres el billar inglés.

Tamsin se agarró al taco, apoyándolo en el suelo. ¿Billar inglés? ¿Cómo se jugaba a eso?

–No, el billar americano me parece bien –contestó, intentando mostrarse despreocupada, pero esperando que esas tardes jugando al billar en el bar de la universidad le sirvieran de algo.

Pero allí, de pie frente a la mesa de billar, Alejandro D'Arienzo parecía un guerrero dispuesto a la batalla.

«Puedo jugar a cualquier cosa», le había dicho. Y Tamsin sabía, con una mezcla de miedo y excitación, que era verdad. Estaría tan cómodo jugando al billar en los barrios bajos de Buenos Aires como en un club de Mayfair. Exudaba una confianza natural que trascendía todas las fronteras y lo proclamaba como un ganador.

Lo cual era muy desafortunado, considerando que su reputación profesional dependía de conseguir que le devolviera esa camiseta.

–Tú primero –Tamsin tomó el taco con la mano izquierda.

–¿Eres zurda?

–Para algunas cosas.

Se colocó sobre la banda y esperó un segundo antes de golpear pero, con los nervios, envió las bolas por toda la mesa.

–¿Y seguro que ésta es una de esas cosas? –bromeó Alejandro–. Tal vez lo harías mejor con la mano derecha.

–Gracias por el consejo, pero si necesito tu ayuda, te la pediré.

–Pensé que estaba claro que, aunque me la pidieras, no te la daría –replicó él, moviéndose alrededor de las bandas y colocando las bolas donde quería con una eficacia letal–. Aunque tal vez debería ser más justo –dijo entonces, tomando el taco con la otra mano–. Como tú juegas con la izquierda, yo lo haré también.

Tamsin abrió la boca para replicar, pero tenía la garganta seca. Sin poder evitarlo, fijó la mirada en la mano grande y morena de Alejandro, en esos dedos largos...

Lo único que se oía en la habitación era el tic-tac del reloj de la chimenea. La mirada oscura era tan intensa que le pareció que podía ver a través de la seda del vestido.

Y ese pensamiento la excitó, a su pesar.

El golpe de las bolas la sobresaltó y observó, como hipnotizada, que la amarilla rodaba suavemente sobre el tapete verde hacia la tronera de la derecha, al lado de su muslo. Y sintió un escalofrío cuando, de repente, se encontró pensando no en el movimiento de la bola, sino en los dedos de Alejandro sobre su piel...

Avergonzada, levantó la cabeza. Él estaba mirándola con una expresión indescifrable.

–Muy bien –le dijo, con exagerada cortesía–. Es tu turno.

Tamsin parpadeó al comprobar que había fallado el golpe. Era una buena noticia, pero había fallado porque jugaba con la mano izquierda, de modo que no pensaba celebrarlo.

–No necesito que me hagas ningún favor y tampoco necesito un tratamiento especial. De hecho, no necesito nada de esto. ¿No sería mejor para los dos si te portaras de manera decente por una vez y me devolvieras la camiseta? ¿O has decidido que tu misión es hacerme la vida imposible?

–¿Aceptas la derrota entonces?

Había una siniestra inmovilidad en él, en su tono, pero era evidente que estaba retándola.

Tamsin sonrió. La descarga de adrenalina dilataba sus vasos capilares, haciendo que su corazón latiera con fuerza. Estaba nerviosa pero, a la vez, perfectamente lúcida y curiosamente calmada mientras se volvía hacia él, apoyando una cadera en la mesa.

–Eso te gustaría, ¿verdad?

–Claro.

–Y, por eso, es lo último que pienso hacer.

Alejandro no sonrió. Su hinchado labio superior acentuaba la belleza de su rostro, aunque le daba un aspecto aún más peligroso.

De pie bajo la luz de la lámpara, con su pelo y ojos oscuros, parecía un conquistador español.

–¿Estás segura? Supongo que sabrás que no tienes la más mínima posibilidad de ganarme.

Tamsin sostuvo su mirada. Era como ahogarse en sirope, delicioso pero aterrador. Ahogarse era ahogarse después de todo.

–Considerando que pareces un experto, y por eso me has retado, seguramente no. Pero ya lo veremos –murmuró, apoyándose en una de las bandas.

Sabía que estaba tras ella mientras se inclinaba para golpear la bola, mirando su espalda desnuda con esos ojos oscuros que parecían calentar su piel tanto como el sol.

Tenía que controlarse, se dijo. Y concentrarse.

No había prisa, pensó, flexionando ligeramente los hombros mientras colocaba el taco en posición. Golpeó la bola blanca y las demás fueron deslizándose sobre la mesa hasta que la naranja entró en la tronera correspondiente. Tamsin lo miró por encima del hombro antes de seguir adelante.

–Espero que lleves la cuenta.

–No te preocupes por eso –murmuró Alejandro–. Pero aún te queda mucho para recuperar la camiseta, no te lo creas demasiado.

Observó con interés mientras se inclinaba para golpear de nuevo, sus ojos bajando automáticamente hasta el valle entre sus pechos. Haber sido una niña mimada durante toda la vida no la hacía consciente de sus propias limitaciones, pensó, obligándose a sí mismo a apartar la mirada. El verde del tapete intensificaba el de sus ojos hasta hacerlo parecer de un vívido esmeralda. Vio que los guiñaba, intentando medir el siguiente golpe con una arruga de concentración en la frente, la punta de la lengua apareciendo entre los labios...

Con un seco golpe de muñeca envió la bola a la tronera y, cuando entró, Alejandro se dio cuenta de que había estado conteniendo el aliento. Todo su cuerpo estaba tenso.

Aunque algunas partes estaban más tensas que otras.

Maldita fuera. Mientras se incorporaba vio en el rostro de Tamsin el mismo gesto de satisfacción que había visto antes, cuando consiguió lo que quería de su padre.

Estaba jugando con él. Sabía lo sexy que resultaba apoyada en la mesa, con la espalda al aire y los ojos verdes a la altura de su entrepierna. Estaba manipulándolo tan despiadadamente como esa noche en Harcourt Manor seis años antes, pero de una manera mucho más sofisticada.

–No es que me lo crea demasiado, señor D'Arienzo, es que tengo confianza en mí misma.

Una oleada de deseo se apoderó de él, haciendo que se sintiera aturdido. Apoyándose en la pared, la observó moviéndose alrededor de la mesa, metiendo bola tras bola. En la silenciosa habitación todo parecía distorsionado, exagerado, de tal modo que podía oír cada uno de sus suspiros, el roce del vestido contra su piel...

–Muy bien, ésa no ha entrado. Te toca a ti.

Con el ceño arrugado, Alejandro se acercó a la mesa de nuevo. Casi se había olvidado del juego y le sorprendió ver que quedaban pocas bolas sobre el tapete. Tamsin jugaba mejor de lo que había pensado...

En ese momento estaba poniendo tiza en el taco, sujetándolo con las dos manos como si fuera un instrumento pornográfico. Luego acercó la punta del taco a sus labios para soplar el exceso de tiza...

Era una tortura deliberada.

–Debo felicitarte, eres una buena jugadora.

Hablaba con calma letal, pero el salvaje golpe del

taco mostraba a las claras lo que sentía. Las bolas que quedaban sobre la mesa chocaron violentamente, volando de un lado a otro.

–Gracias.

Alejandro dio un paso atrás y se apoyó en la pared mientras ella se inclinaba de nuevo sobre la mesa.

–No era un comentario sobre tu habilidad.

–¿Ah, no? ¿Qué era entonces?

Mientras se preparaba para golpear la bola, Alejandro miró sus piernas. Había creído que iba sin medias, pero ahora se daba cuenta de que llevaba unas de seda casi transparentes... con blonda en el muslo.

Todo su cuerpo se puso en tensión, como si un rival se hubiera lanzado sobre él en el campo.

–Me refería más bien a tus técnicas de seducción, pero estás engañándote a ti misma. Si crees que después de la última vez yo estaría interesado en ti...

–¡Serás grosero!

Alejandro sujetó su mano cuando iba a abofetearlo. Tamsin respiraba agitadamente, sus pechos subiendo y bajando.

–No te preocupes, no pensaría nada de eso después de lo que pasó la última vez –le aseguró cuando pudo encontrar su voz–. Dejaste bien clara tu falta de interés... pero no te preocupes, seguro que tantos abrazos con los compañeros cuando marcas un gol parece simple camaradería.

–Ten cuidado, Tamsin.

–¿Cuidado por qué? Eres tú quien no deja de insultarme...

Él dio un paso adelante para apoderarse de su boca, de modo que el resto de la frase se perdió en el incendiario beso.

Era como caer por un precipicio y descubrir que podía volar. El suelo se abrió bajo sus pies y la gravedad dejó de existir. No había más que oscuridad, fuego y el sonido de la sangre en sus oídos. Los dedos de Alejandro se clavaron en sus hombros, apretándola contra él, contra su erección.

Su rígida y evidente erección.

No se dio cuenta de que soltaba el taco de billar, pero debió de haberlo hecho porque, de repente, sus manos estaban sobre los hombros masculinos y Alejandro se apoderaba de sus labios, violento, desesperado, marcándola para siempre.

La mesa de billar se clavaba en su trasero y, por instinto, se levantó un poco para sentarse en ella, recibiéndolo entre las piernas. Mientras tiraba de la pechera de su camisa se dio cuenta de que los dos estaban jadeando. Todo su cuerpo vibraba de deseo, abriéndose para él como una flor exótica rezumando néctar.

La realidad era irrelevante, el pasado no tenía sentido y el futuro era algo incomprensible. Lo único que importaba era aquello, la gloriosa encarnación de todos sus sueños adolescentes.

Estaba en los brazos de Alejandro D'Arienzo, su boca aplastando la suya, sus manos deslizándose hacia abajo, los pulgares acariciando sus pechos.

Cuando se apartó un momento vio que la ferocidad del beso había abierto el corte de su labio superior, que sangraba un poco.

Pero a él no parecía importarle porque movió los pulgares hacia arriba, rozando sus duros pezones. Tamsin echó la cabeza hacia atrás, enredando las piernas en su cintura y apretándolo contra ella para sentir el roce de la dura erección.

Sintiendo que caía en el abismo, miró su magullado rostro...

Su magullado y absolutamente frío rostro.

Antes de que pudiera decir nada, él la había soltado, apartándose de la mesa.

–Creo que hemos demostrado que tus tácticas no dan resultado, querida –le dijo–. No es que no esté interesado en las mujeres, es que las niñas mimadas que usan el sexo como herramienta no me interesan.

Por un segundo, Tamsin pensó que iba a desmayarse. O a vomitar.

Cerró los ojos un momento y concentró toda su energía en el siguiente paso: decirle lo que pensaba de los hombres que trataban a las mujeres como si fueran ratas de laboratorio con las que experimentar.

Pero cuando abrió los ojos, Alejandro se había ido.

Capítulo 5

TAMSIN dejó escapar un gemido de angustia cuando se miró al espejo. Las frías luces del lavabo del estadio de Twickenham no eran precisamente favorecedoras, pero no había duda de que estaba lívida; el único color en su rostro el de la sombra azul en contraste con los ojos enrojecidos. No, no era una buena imagen.

Preferiría enfrentarse con un pelotón de ejecución antes que con los reporteros de todos los periódicos y revistas deportivas del país, pero no tenía elección. Su padre, junto con los demás miembros de la federación inglesa de rugby, estaba allí y esperaría que la presentación fuera perfecta.

Con manos temblorosas, se puso un poco de brillo en los labios y los apretó, recordando el beso de Alejandro la noche anterior...

No.

No podía pensar en eso cuando tenía que salir allí y mostrarse como una profesional, no una criatura salida de la cripta. No era el momento de seguir haciéndose preguntas, como había hecho durante toda la noche.

¿Por qué había sido tan tonta?

Dejar que la humillase y la rechazase una vez más era completamente absurdo, intolerable. Debía de estar loca, pensó. Pero no fue capaz de evitarlo. Había sido igual que seis años antes, cuando la dejó sola en el invernadero de Harcourt Manor. Entonces se había quedado en un estado de suspensión mental. Había leído que el miedo y la angustia podían hacerle eso a una persona. Durante seis años había seguido adelante con su vida, como una persona normal para todo el mundo; una chica sana y con éxito, de modo que hasta los más cercanos a ella, incluso su hermana Serena, no sabían que detrás de esa fachada de normalidad estaba helada, como si su reloj vital se hubiera detenido.

Hasta la noche anterior.

Guardando el brillo de labios en el bolso, se llevó las manos a la cara cuando sus ojos se llenaron de lágrimas.

«Las chicas duras no lloran», solía decir su padre. Cuando Tamsin nació, Serena, dos años mayor, ya había acaparado el mercado de «guapa y femenina», de modo que ella decidió ser «una chica dura». Y Henry, naturalmente, la había aceptado como al hijo que no tuvo nunca. Las lágrimas eran para las niñas pequeñas, le decía, y Tamsin había aprendido muy pronto a contenerlas.

Lo de la noche anterior había sido un paso en falso que debía olvidar, nada más, pensó, saliendo del lavabo. Como diseñadora, su ropa era, más que un homenaje a la moda, un reflejo de su propia personalidad. Su manera de vestir siempre quería decir algo y el traje de chaqueta oscuro que llevaba aquel día decía claramente «no te metas conmigo». Los tacones de diez centímetros añadían: «o te daré un puñetazo».

El ruido de la sala donde tendría lugar la conferencia de prensa parecía el de un bar durante un partido. Tamsin sintió un escalofrío. Por el momento sonaba más o menos inofensivo, pero temía que en unos minutos el murmullo de los periodistas se convirtiera en un grito pidiendo su cabeza.

–Ah, aquí estás. Estábamos esperando –dijo su padre al verla–. ¿Todo bien?

–Sí, todo bien –sonrió ella–. ¿Por qué lo preguntas?

–Porque pareces un poco pálida. Pero si estás lista, vamos a empezar.

Las cámaras se volvieron hacia ellos en cuanto entraron y los periodistas levantaron la mano para indicar que querían hacer preguntas.

Tras la mesa había una fotografía del equipo inglés durante el partido del día anterior y Tamsin se encontró sentada entre su padre y Alan Moss, el fisioterapeuta, que estaba allí para explicar que el tejido usado en la camiseta podía influir beneficiosamente al desarrollo físico de los jugadores.

Aunque también le iría muy bien si se desmayaba.

Su padre los presentó a todos, diciendo unas cuantas palabras sobre el papel de cada persona en el equipo. Cuando llegó a Tamsin, los reporteros parecieron lanzarse hacia delante, como los galgos en los cajones justo antes de empezar una carrera.

–Como sabrán, la señorita Calthorpe ganó el concurso de ideas para diseñar el uniforme del equipo oficial, junto con los trajes de chaqueta que llevarán en las ocasiones oficiales.

–¡Sorpresa, sorpresa! –gritó alguien–. ¿Cómo habrá ocurrido eso?

Tamsin, indignada, buscó con la mirada al provocador.

–Ocurrió gracias a mi título en diseño textil y mi experiencia diseñando para mi propia firma, Coronet. Había otros diseñadores experimentados en el concurso y el proceso de selección estuvo basado en las ideas que presentó cada uno.

–¿Y por qué se presentó usted? –insistió el periodista–. Es más conocida por diseñar elegantes vestidos de noche y eso no tiene mucho que ver con el uniforme de un equipo de rugby.

–No, desde luego que no. Y por eso precisamente me presenté al concurso –contestó ella, pensando que quizá el micrófono estaba recogiendo los furiosos latidos de su corazón–. Levanté mi empresa empezando de cero y estaba lista para el siguiente reto.

–¿Era el reto lo que la interesaba o el dinero? Tengo entendido que las empresas de producción masiva que copian sus diseños le cuestan mucho dinero a Coronet.

–Los diseños de Coronet siguen siendo muy demandados. Mi socia, Sally Fielding, ya está preparando encargos para la próxima entrega de los Oscar y los premios Bafta.

Todo eso era verdad. Sally, su socia, recibía constantes llamadas de estilistas de Hollywood y Londres, pero todos esperaban que «prestasen» los vestidos para que sus famosas clientas los lucieran en la alfombra roja, de modo que no entraba dinero en la empresa.

Pero no había tiempo para pensar en eso ahora. Si no tenía cuidado, ese maldito periodista la dejaría en mal lugar.

–¿Está de acuerdo en que su experiencia como diseñadora ha influido a la hora de conseguir este encargo?

Afortunadamente, una pregunta normal.

Tamsin iba a contestar cuando alguien intervino, con tono burlón:

–Las rosas en la franja central de las camisetas son divinas, ¿no les parece?

Los periodistas soltaron una carcajada, poniendo a prueba la paciencia de Tamsin.

–Tal vez sea un problema para hombres que no están seguros de su masculinidad –contestó, con una sonrisa–. Afortunadamente, eso no incluye a los miembros del equipo de rugby de Inglaterra. Pero sí, tiene razón, mi experiencia ha tenido mucho que ver con este encargo. Trabajando con Alan, el fisioterapeuta del equipo, y expertos norteamericanos, hemos encontrado uno de los tejidos más tecnológicamente avanzados del mundo –los periodistas empezaron a tomar notas a toda velocidad–. Es un tejido que mejora la oxigenación de la sangre, absorbiendo los iones negativos de la piel de los jugadores, y evita que haya una descarga de ácido láctico, mejorando el resultado.

–¿Y entonces por qué perdió Inglaterra ayer? –preguntó alguien desde el fondo de la sala.

«Porque Alejandro D'Arienzo jugaba en el equipo contrario».

Afortunadamente, fue el entrenador quien contestó a esa pregunta, alegando lesiones, falta de entrenamiento...

Tamsin tomó un sorbo de agua para relajarse. En el cuaderno que había delante de ella había estado garabateando inconscientemente y se dio cuenta de que había dibujado una figura femenina con un vestido de noche. Los críticos tenían razón, pensó, ella no tenía nada que hacer allí, entre esa pandilla de periodistas deportivos. Debería estar en su estudio, trabajando con su equipo, diseñando la colección de otoño.

Si el negocio seguía en pie para entonces, pensó, angustiada.

–¿Tuvo algún problema con la producción de las camisetas? –oyó que preguntaba alguien.

Fue como si una mano se cerrase sobre su garganta y, por un momento, se quedó sin respiración. Esa voz ronca, burlona, era fácilmente reconocible.

–No –contestó, mirando alrededor para localizarlo.

–¿Ninguno en absoluto?

Alejandro dio un paso adelante, la gente que había a su alrededor apartándose para dejarlo avanzar. Y Tamsin vio, horrorizada, que llevaba la camiseta en la mano.

La camiseta con el número diez.

El canalla estaba intentando obligarla a admitir delante de los periodistas, que ya criticaban que hubiera sido su empresa la que ganó el concurso, que había metido la pata.

Como si no la hubiera humillado suficiente.

–No –repitió, intentando mostrarse tranquila–. Tuvimos suerte porque la fábrica que las manufacturó es excelente y el proceso de producción salió adelante sin problemas. Cuando se trabaja con tejidos tan novedosos como éste suele haber problemas con los tintes, pero en este caso conseguimos anticiparnos y, como resultado, no hubo problema alguno.

Tamsin lo miró, desafiante, retándolo a decir lo contrario. Si lo hacía, dejaría claro que tenía información que no debía poseer y eso sería dar un paso en falso delante de los periodistas.

–Veo que tiene usted un equipo excelente. ¿Significa eso que su aportación al diseño de los uniformes ha sido meramente... de nombre? –preguntó Alejandro.

–No, en absoluto –respondió Tamsin.

Oyó a su padre emitir un bufido de disgusto y lo vio inclinarse para decirle algo a uno de los mandatarios de la federación. Sabía que podría pedir que lo echasen de allí, pero no quería que se fuera antes de dejarle bien claro que ella no era una caprichosa heredera jugando a las muñecas.

–En ese caso, ¿debo pensar que está usted dispuesta a aceptar otros encargos de este tipo?

–¿Qué quiere decir?

Los periodistas escuchaban con la morbosa fascinación que hacía que la gente se detuviera a mirar un accidente en la carretera.

–Nos ha convencido de que ha ganado el concurso por sus propios méritos y seguro que no soy el único que la admira por ello –explicó Alejandro, la frase seguida por el murmullo de asentimiento de los periodistas–. Yo soy el patrocinador oficial de Los Pumas, el equipo argentino de rugby, y me gustaría invitarla a diseñar los uniformes de la próxima temporada.

Un segundo antes los periodistas estaban dispuestos a lincharla, pero una palabra de su héroe y todos se tumbaban boca arriba como cachorros. Era repugnante.

–¿Perdón?

No podía ser. ¿Alejandro D'Arienzo pidiéndole que diseñase el uniforme del equipo de Los Pumas? No, eso era completamente absurdo.

Henry Calthorpe se aclaró la garganta.

–Me temo que no va a ser posible. La señorita Calthorpe tiene mucho trabajo, pero estoy seguro de que, si hace la petición por escrito...

Los periodistas esperaban una respuesta mientras Tamsin miraba a Alejandro, que la miraba a su vez como un pirata que hubiese forzado a una damisela a caminar por la tabla de su barco.

Si rechazaba la oferta, todo lo que acababa de decir sonaría falso, pensó. Y aunque ella no se rendía fácilmente, sabía cuándo le habían ganado la batalla.

–Lo haré encantada, señor D'Arienzo.

De modo que Tamsin Calthorpe tenía talento, de eso no había la menor duda. Fuera en el campo del diseño o exclusivamente en la mentira y la deshonestidad, estaba por ver.

Alejandro se abrió paso entre los periodistas, muchos de los cuales se habían vuelto en su dirección para tomar nota del inesperado giro de la historia. Sin hacerles caso, se dirigió a la puerta por la que los miembros de la federación, con Tamsin entre ellos, habían desaparecido.

La vio enseguida, charlando con su padre al fondo de la habitación, frente a una mesa en la que había una cafetera y varias bandejas con pastas. Si se había puesto ese traje de chaqueta oscuro para dar una impresión de madurez, estaba equivocada, pensó. Porque parecía absurdamente joven, demasiado delgada y...

Ah, claro.

Vulnerable.

Qué estúpido por su parte no haberlo visto de inmediato. Ése era exactamente el efecto que quería conseguir.

Mientras se acercaba la vio poner una mano en el brazo de su padre, como intentando contenerlo, y deliberadamente evitó mirar a Henry Calthorpe para concentrarse en su hija. Tamsin parecía muy pálida, como si estuviera a punto de desmayarse. ¿Podría ser que, por fin, hubiese logrado turbar a la inalterable lady Tamsin Calthorpe?

Estaba temblando y ver eso hizo que se le encogiera el estómago, aunque no sabía bien por qué.

–Espero que estés satisfecho.

–Por supuesto –contestó él–. Acabo de conseguir los servicios de una diseñadora de mucho talento que, aparentemente, recibe encargos a todas horas. Ahora lo único que necesito es una taza de café y mi día estará completo.

–Has conseguido los servicios de esa diseñadora gracias a un chantaje.

Alejandro soltó una carcajada.

–Ves demasiadas películas, Tamsin. ¿O me he perdido la parte en la que alguien te ponía un cuchillo en el cuello?

–No hacía falta que me pusieras un cuchillo en el cuello –replicó ella, mirando alrededor para ver si alguien estaba observándolos–. Tú sabías perfectamente que, con los periodistas dispuestos a hacerme trizas sólo porque mi padre es el presidente de la federación, no podía negarme.

Alejandro tuvo que hacer un esfuerzo para que su postura y su voz pareciesen calmadas. El aroma de su perfume le recordaba la noche anterior y lo que había sentido besándola. Sus labios, hinchados por la mañana, latían al recordarlo...

–¿Negarte? ¿Y por qué ibas a hacer eso?

–Porque no quiero trabajar para alguien a quien no respeto.

Él pasó a su lado y, con aparente tranquilidad, empezó a servirse un café.

–Ah, vaya, pues me temo que a partir de mañana todos los periódicos dirán que la diseñadora del equipo oficial de Inglaterra se marcha a Argentina para crear los nuevos uniformes de Los Pumas. A menos, claro, que quieras reconsiderarlo...

–¿Argentina? –repitió ella–. ¿Quién ha dicho nada de ir a Argentina?

Alejandro la vio tan asustada que casi sintió pena por ella. Pero el recuerdo de lo que le había hecho seis años antes le quemaba tanto como el corte en el labio. Ahora era su turno de lamentarlo.

–¿De verdad pensabas que todo el equipo vendría

aquí? Seguramente será así como funcionan las cosas en «el mundo de Tamsin», pero vas a tener que acostumbrarte a una manera diferente de hacer las cosas, querida.

Al ver que sus ojos verdes pasaban del esmeralda a un tono más oscuro, más opaco, esperó que empezase la tormenta. La noche anterior, cuando intentó abofetearlo, había descubierto que lady Calthorpe tenía temperamento y se preguntaba qué haría ahora... ¿gritar? ¿Tirarle algo? ¿Pedirle ayuda a su papá?

Ella irguió los hombros, su hostilidad disimulada por un gesto de indiferencia.

–¿Por qué me haces esto?

–¿A ti? No, Tamsin, lo hago *por ti*. Voy a darte una oportunidad para que demuestres lo que vales...

–Eso ya lo he hecho.

–Sí, pero deberías revalidar tu reputación. Y deberías estarme agradecida. Pensé que te gustaban los retos.

–Ah, ya lo entiendo. Crees que el trabajo lo hace otra persona y yo me llevo los laureles, ¿no? Y estás deseando verme fracasar. Pues muy bien, Alejandro, no voy a fracasar –dijo Tamsin entonces–. Lo he hecho todo yo misma y puedo volver a hacerlo... mejor y más rápidamente esta vez. Si piensas llevarme al otro lado del mundo para ver cómo hago el ridículo, estás perdiendo el tiempo.

–Ah, muy batalladora, impresionante –dijo él, sarcástico–. Pero te lo advierto, esto no es un juego. No es como lo de anoche y no podrás flirtear o seducirme, éste es un encargo serio.

–Y tú eres el jefe –replicó Tamsin, con el mismo sarcasmo–. Yo lo tengo muy claro y espero que tú también. Porque si me pones una mano encima, te demandaré por acoso sexual.

Antes de que Alejandro pudiera responder, un miembro del equipo técnico apareció al lado de Tamsin con expresión ansiosa.

–¿Señorita Calthorpe? El fotógrafo está dispuesto a empezar la sesión con los jugadores pero, lamentablemente falta... una camiseta.

Ella tragó saliva.

–Gracias, la llevaré enseguida.

Alejandro sonrió mientras el hombre se alejaba.

–Un coche irá a buscarte mañana, alrededor de las once –le dijo, con exagerada cortesía.

–¿Mañana? Pero... –Tamsin se detuvo abruptamente, intentando contener la furiosa protesta que asomaba a sus labios. Pero por fin, sin decir nada, se dio la vuelta.

Alejandro la vio alejarse, la espalda recta, la cabeza erguida. Se aferraba a su orgullo como podía, pensó, sarcástico. Parecía convencida de poder llevar a cabo el encargo ¿pero cómo llevaría el aspecto personal de ese viaje? ¿La mimada diva sería capaz de soportarlo?

–¿Tamsin? –la llamó cuando estaba a punto de salir.

–¿Sí, *señor D'Arienzo*?

–Por favor, llámame Alejandro. Viajaremos en mi jet privado mañana. Es un avión pequeño, de modo que, por favor, lleva sólo una maleta. Sé que la mayoría de las mujeres guardan un montón de cosas innecesarias...

–¿Quiere decir que la ropa es innecesaria? Cuidado, señor D'Arienzo, éste es un acuerdo profesional.

Y después de decir eso salió de la sala. Alejandro se quedó mirándola, el café enfriándose en la taza, su mente dando vueltas a turbadores imágenes de Tamsin Calthorpe desnuda en el asiento del avión... y con la sospecha de que ella acababa de ganarle un punto.

Pero aceptaría su consejo: iría con cuidado.

Tenía la impresión de que aquel encargo, una idea repentina, podría acabar siendo más problemático de lo que había imaginado.

Capítulo 6

UNA MALETA! ¿Cómo demonios voy a guardar todo lo que necesito en una maleta? –con el teléfono apoyado entre el hombro y el cuello, Tamsin tomó una chaqueta de color chocolate–. ¿Me llevo la chaqueta marrón o el anorak militar?

–La chaqueta de cachemira –dijo Serena–. Con la otra parece que formas parte de las juventudes hitlerianas. Bueno, cuéntame, ¿qué ha dicho papá?

–Está furioso. Lo cual es injusto porque él sabe tan bien como yo que no tenía alternativa.

Eran las diez y media y su dormitorio parecía haber sido asaltado por una banda de ladrones, con cajones abiertos de los que asomaban prendas de ropa interior, cárdigans y vestidos de todos los colores.

–Cariño, ¿desde cuándo se muestra racional papá en lo que concierne a su hija favorita? El pobre pensaba que había lidiado con ese problema de una vez por todas, es normal que esté enfadado.

–¿Qué? –Tamsin miró alrededor, distraída–. ¿Crees que tres jerséis serán suficientes?

–¿Jerséis? A ver, dime qué has metido en la maleta.

Tamsin sacó un cinturón de cuero con una hebilla de pedrería y volvió a guardarlo en el cajón.

–Mira, ya sé lo que vas a decir: que debería llevarme vestidos de fiesta y trajes elegantes porque seguramente Alejandro D'Arienzo organiza fiestas todas las noches, pero me da igual porque yo no pienso acudir a ninguna de ellas. No estoy interesada en él, estoy interesada en el trabajo.

–No es eso. Dime que no has guardado ropa de invierno –suspiró su hermana–. Cariño, en Argentina están en verano ahora mismo. ¡Hay más de treinta grados!

–Oh, no... no me había dado cuenta.

–No te preocupes. Saca lo que hayas guardado hasta ahora y mete sólo ropa de verano...

En ese momento, Tamsin oyó la puerta de un coche y unos pasos en la acera.

–¡Ay, Dios mío, es él! ¿Qué voy a hacer?

–Mostrarte tranquila y profesional –contestó Serena–. Recordar a todas horas que no puedes confiar en ese hombre y, sobre todo, que no vas a acostarte con él.

–Por fin –Alejandro entró en la casa y miró alrededor–. Estaba a punto de marcharme. Pensé que te habías echado atrás.

–No ir a Argentina cuando me has ofrecido esa... ¿cómo lo llamaste? Ah, sí, esa *gran oportunidad* de demostrar lo que valgo. ¿Y por qué haría eso?

–Dímelo tú. ¿Estás lista?

–Aún no son las once –contestó Tamsin, volviéndose hacia la escalera–. Ven conmigo.

–Espero que no tardes mucho –mientras subía tras ella, Alejandro intentaba no mirar su trasero–. Mi chófer está esperando.

–Insisto: no son las once –repitió Tamsin.

Alejandro se encontró en un salón con un enorme ventanal y brillantes suelos de madera. A un lado estaba la cocina, con armarios pintados de azul y una estantería llena de platos y cacerolas. Al otro lado había un enorme sofá tapizado en brocado rosa y una alfombra de pelo blanco. Las paredes estaban pintadas en color marfil e incluso en aquella mañana gris tenía un aspecto luminoso y alegre.

Y también increíblemente desordenado.

–¿Te han robado o siempre está así? –preguntó, mirando alrededor.

Intentando no pisar las pilas de ropa, revistas, zapatos y telas, se acercó a la puerta por la que Tamsin acababa de desaparecer y sintió una oleada de calor al comprobar que era su dormitorio.

–No y no –contestó ella, vaciando el contenido de una maleta en un antiguo armario–. Es que no me había dado cuenta de que ahora es verano en Argentina y tú has llegado casi media hora antes de lo previsto.

Alejandro miró su reloj.

–Quince minutos. Pensé que habrías hecho anoche la maleta.

–¿Y por qué pensaste eso? ¿Crees que voy a poner mi vida patas arriba y cancelarlo todo cuando tú chascas los dedos?

Sin decir nada, Alejandro se inclinó para tomar una prenda rosa que había en el suelo. Era un liguero de seda.

–Parece que no cancelaste nada –dijo, irónico.

–Anoche estuve trabajando, aunque no es cosa tuya –replicó Tamsin–. Por eso no tuve tiempo de hacer la maleta. Además, para eso me has contratado, ¿no? Para que diseñe el nuevo uniforme del equipo de Los Pumas. Si lo que querías era alguien con la habilidad doméstica de Blancanieves, deberías haber ido a Disneylandia.

Sí, podría tener razón. Por lo que había descubierto la noche anterior, Blancanieves sería tan capaz de diseñar un uniforme deportivo como lady Tamsin Calthorpe, y seguramente daría menos trabajo.

Apoyándose en el quicio de la puerta, Alejandro metió las manos en los bolsillos del pantalón y la observó, pensativo. Sabía por la conferencia de prensa, cuando ella negó que hubiese habido problemas con la confección de las camisetas, que era una mentirosa. De hecho, sería divertido intentar averiguar cuándo decía la verdad y cuándo estaba mintiendo. Además, el vuelo a Buenos Aires duraba quince horas; un reto así haría que el tiempo pasara volando.

Suspiró, impaciente, mirando la cama con cabecero de hierro llena de almohadones... y también sujetadores y ropa interior. La feminidad del sitio lo hacía sentir incómodo porque le recordaba cosas que había decidido olvidar. Un frasco de perfume sobre una antigua cómoda inmediatamente le recordó el fresco aroma de su cuerpo; una barra de carmín, la imagen de sus labios, jugosos y rosados cuando la besaba, enrojecidos por su sangre cuando se apartó.

–Supongo que no valdría de nada decirte que te des prisa.

Tamsin apretó los dientes y, deliberadamente, se dispuso a doblar una camisa de lino.

–Si me ayudases, iría más rápido. ¿O ayudar a alguien es un concepto extraño para ti?

–Eso depende –contestó él, con una voz cargada de ácido–. Si la persona a la que ayudas va a decir luego que lo ha hecho todo sola...

Tamsin tomó otra camisa blanca del armario, negándose a dejarse afectar por sus pullas.

–Olvídalo –murmuró–. Pero no molestes.

–No te dejes esto –dijo Alejandro, ofreciéndole el liguero que había tomado del suelo. Tamsin se lo quitó y lo tiró en un cajón.

–No voy a necesitarlo. Pensé que había dejado bien claro que sólo vamos a trabajar –le dijo, metiendo en la maleta varias braguitas de algodón blanco–. Ya está, he terminado.

–¿Sólo vas a llevarte eso?

Ella se encogió de hombros mientras cerraba la maleta. Diez minutos antes no podía meter una cosa más y ahora estaba casi vacía, pero no pensaba guardar ni una sola prenda que pudiera parecer frívola o excitante.

–Yo creo que es suficiente. No pienso quedarme mucho tiempo y no tengo la intención de...

–¿Pasarlo bien?

–Por supuesto que no.

–Bueno, si estás segura de que no vas a cambiar de opinión... ¿de verdad no quieres guardar nada más?

–No, nada. Vámonos de una vez.

Capítulo 7

VINO, lady Calthorpe?

Tamsin asintió con la cabeza, conteniendo un gruñido de irritación por el uso de su título mientras Alberto, el auxiliar de vuelo, servía dos copas de vino blanco.

Llevaban una hora en el aire, pero a pesar del lujoso interior del jet, se sentía nerviosa e incómoda. Había pasado todo ese tiempo *leyendo* una revista, pero no recordaba ni una sola palabra de lo que había leído. Sin embargo, sabía de memoria la portada del periódico que estaba leyendo Alejandro.

Alberto desapareció después de servir el vino y Tamsin tomó su copa.

–¿Te importaría decirle a la tripulación que no tienen que llamarme lady Calthorpe? Yo no suelo utilizar el título y prefiero que la gente me llame por mi nombre.

Alejandro levantó la mirada.

–Ah, claro. Si lo prefieres así, se lo diré. Pero resulta irónico que, de repente, quieras olvidar tu aristocrático título.

–¿Irónico? ¿En qué sentido?

Él tomó un sorbo de vino.

–Es evidente que no tienes el menor problema para usarlo cuando te conviene.

Alberto apareció de nuevo con dos platos de langosta y ensalada verde y Tamsin esperó hasta que estuvieron solos para contestar:

–Vamos a ver si entiendes algo de una vez por todas: adoro a mi familia y estoy muy orgullosa de ser quien soy, pero nunca he usado mi título para abrirme puertas.

Jugando con una hoja de lechuga, Alejandro pensó que no era eso lo que el tipo con el que cenó por la noche le había contado. Miembro de la federación de rugby, le había confiado mientras tomaban un oporto que no había habido otras empresas compitiendo para hacer los uniformes, que sólo habían tenido en cuenta el proyecto de la hija del presidente.

–No es eso lo que me han contado, pero seguro que *tú piensas* que por tener un trabajo y un apartamento tu vida es como la de los demás. Pero el apellido de tu familia...

–¿Cómo puedes ser tan hipócrita? Estamos manteniendo esta conversación a bordo de un jet privado. ¿Qué sabes tú sobre cómo viven los demás?

–La diferencia –replicó Alejandro, con tono venenoso– es que yo he trabajado mucho para conseguirlo. Yo no vengo de una familia con apellido aristocrático.

Esperaba que ella se echase atrás, que entendiese que la mimada heredera que no sabía lo que era crecer sin nada, particularmente una identidad, estaba en terreno peligroso. Pero en lugar de eso, Tamsin soltó el tenedor y lo miró a los ojos.

–Muy bien, tu vida no ha sido fácil y por eso tienes que demostrarle a todo el mundo lo que vales, ¿no?

Sus palabras fueron como un golpe en el plexo solar. Un golpe duro e inesperado.

–De modo que –siguió Tamsin– tu pasado familiar te ha marcado tanto como a mí el mío.

–Yo no tengo un «pasado familiar».

–Todo el mundo lo tiene.

–Quizá en tu mundo, pero no en el mío. Mi «pasado familiar» se borró cuando tenía cinco años y me llevaron a Inglaterra.

–¿Por qué? –le preguntó ella.

Alejandro hubiera querido decirle que no era cosa suya, que estaba entrando en terreno que él tenía cerrado bajo llave y guardado con alambre de espino, pero hacer eso sería una traición a su padre.

¿Y no había traicionado su madre a Ignacio D'Arienzo más que suficiente?

–Argentina era un país problemático cuando yo nací, sometido a una dictadura militar. Mi padre y mis tíos fueron detenidos porque eran miembros de un sindicato y mi madre, que era de familia inglesa, decidió llevarme a Londres al día siguiente. No nos llevamos nada.

–¿Qué fue de tu padre?

La luz del sol que entraba por las ventanillas del avión iluminaba el rostro de Tamsin, haciendo que su piel pareciese de oro. Había apoyado los codos en la mesa que los separaba y sus ojos tranquilos, tan verdes como un prado inglés en verano, parecían atraerlo, llevándolo hacia sus profundidades.

–¿Quién sabe? Se convirtió en uno de los miles de desaparecidos. Nadie sabe qué fue de ellos.

–Debió ser horrible –murmuró Tamsin–. No saber qué ha sido de una persona querida...

–Durante un tiempo yo quise creer que seguía vivo –dijo Alejandro–. Desgraciadamente, mi madre no creía eso y volvió a casarse rápidamente... con el hombre para el que trabajaba como ama de llaves en Oxfordshire.

–Ay, ya. Pero no creo que fuese fácil tampoco para ella.

Alejandro se pasó una mano por la frente. Por supuesto, debería haber imaginado que Tamsin Calthorpe lo vería desde el punto de vista de su madre; eran iguales. La lealtad y la honradez no estaban en el programa.

–Yo creo que sí lo fue –contestó–. Creo que fue muy fácil para ella reinventarse a sí misma y portarse como si el pasado nunca hubiera existido. Lo difícil era vivir con el recordatorio de su primer marido y ahí empezó mi encarcelación en los colegios públicos británicos.

Tamsin alargó una mano para apretar la suya y el roce pareció quemarlo.

–Lo siento mucho.

Había esperado seis años para oír esa frase y la ironía de las circunstancias lo dejó helado. ¿Qué era lo que sentía, la traición de su madre o la suya propia?

Alejandro apartó la mano bruscamente.

–Lo dudo –murmuró, levantándose–. Lo dudo mucho.

Pues se equivocaba, lo lamentaba muchísimo.

Tamsin lamentaba haber aceptado ir con él, lamentaba haberlo conocido, lamentaba haber cometido el error de responder como si Alejandro fuese un ser humano decente y normal. Pero no volvería a ocurrir.

Sólo intentaba romper la perpetua tensión que había entre ellos, mostrarse amable. Pero ella no podía evitar que Alejandro fuese un hombre amargado, emocionalmente resentido con todo y con todos.

Tamsin suspiró, mirando el cielo por la ventanilla.

Pero la revelación sobre su infancia la había emocionado porque había visto el dolor en sus ojos, un dolor que intentaba enmascarar bajo una cínica fachada. Entendía ahora por qué había mantenido su identidad argentina durante el tiempo que vivió en Inglaterra, aunque eso había enfurecido a la dirección del equipo y, al final, le había costado su puesto. Era lo único que le quedaba de su padre, de su antigua vida. Alejandro había intentado no desaparecer él también.

Al otro lado de la ventanilla el sol empezaba a desaparecer y el cielo era del mismo gris plomizo que el océano Atlántico a sus pies. Cansada, Tamsin miró la revista que tenía apoyada en la rodilla y leyó el mismo párrafo por enésima vez: *La próxima temporada se llevará la tendencia camuflaje*.

Ah, qué apropiado, pensó, llevándose una mano a la boca para disimular un bostezo.

–Estás cansada.

La voz de Alejandro la sobresaltó.

–¿Por qué no duermes un rato? Ya sabes dónde está el dormitorio.

Se lo había enseñado cuando subieron al jet y la lujosa decoración la había dejado absolutamente sorprendida. Nada le gustaría más que tumbarse en esa cama, ridículamente desproporcionada en un avión tan pequeño, para dormir un rato, pero el tono ligeramente desdeñoso de Alejandro la sacaba de quicio. No quería darle esa satisfacción.

–No, estoy bien. Además, es tu cama, no la mía.

–Yo tengo informes que leer.

–Sí, yo también –dijo ella, abriendo su ordenador portátil–. Cuanto antes empiece a trabajar, antes podré volver a casa. Y creo que estarás de acuerdo en que eso es lo mejor para todos.

Al menos había algo en lo que estaban de acuerdo, pensó Alejandro, inclinándose para bajar la persiana de la ventanilla y bloquear así el reflejo de su cara. A medida que avanzaba la oscuridad, el rostro de Tamsin había empezado a aparecer en el cristal como una fotografía y sus ojos se veían atraídos por él continuamente. No podía evitar fijarse en cómo se mordía los labios cuando estaba leyendo, en cómo se apartaba el flequillo de la cara con un gesto nervioso...

Todo lo cual era completamente irrelevante, pensó, intentando concentrarse en un informe económico.

Los negocios eran un juego como cualquier otro para él. Había que observar las tácticas de los oponentes, reconocer sus puntos fuertes y sus debilidades y atacar cuando llegaba el momento. Y había que hacer todo eso sin emoción alguna.

Eso era algo que se le daba bien.

Pero cuando miró a Tamsin unos minutos después sintió una opresión en el pecho. Estaba erguida en el asiento, con el ordenador sobre las rodillas... pero tenía la cabeza ligeramente caída, el flequillo sobre la cara.

Se había quedado dormida.

Alejandro se levantó para colocar el ordenador sobre la mesa y luego, agarrándola por la cintura, la tomó en brazos.

La cabeza de Tamsin cayó hacia atrás, ofreciéndole una panorámica perfecta de su rostro, de altos pómulos y labios generosos. Su corazón dio un doloroso salto dentro de su pecho. Durante seis años la había pintado en su mente como un cruce entre Lolita y Lady Macbeth, pero era imposible reconciliar esa imagen con la frágil y delicada joven que tenía en brazos.

Dejando escapar un suspiro, la llevó al dormitorio y la depositó suavemente sobre la cama, tapándola con una manta de cachemir que había a los pies... sin rozarla.

Luego se dio la vuelta y, tan rápidamente como había entrado, salió del dormitorio y cerró la puerta.

Tamsin abrió los ojos en cuanto él salió de la habitación. Unos segundos antes estaba tan cansada que se le habían cerrado los ojos, pero ahora estaba totalmente despierta, su corazón latiendo violentamente. Era como si le hubiesen puesto una inyección de cafeína concentrada.

Estar entre sus brazos le había hecho eso.

Suspirando pesadamente, apartó la manta. Creyendo por un momento que estaba soñando, se había dejado llevar por el placer de sentirse apretada contra su pecho...

Oh, no, no, no. Tenía que luchar contra esos sentimientos.

Levantándose de la cama, empezó a pasear por la habitación. Había sabido desde el principio que iba a ser difícil, pero no imaginaba cuánto. Se asustó al pensar en las horas que quedaban de vuelo, en los días que tendría que pasar con él...

No había escape alguno, nada que hacer más que dejar de pensar en Alejandro. El trabajo era la respuesta, pero su ordenador estaba en la cabina y no quería volver a buscarlo. Claro que, si encontrase papel y lápiz, podría empezar a hacer algún boceto...

Tamsin abrió uno de los cajones de la cómoda. Dentro había un cuaderno de hojas blancas y miró para ver si encontraba un lápiz. Lo encontró al fondo, medio escondido entre un montón de envoltorios plateados.

Cuando descubrió que eran preservativos, una serie de imágenes poco bienvenidas apareció en su cabeza: Alejandro, su piel morena en contraste con las sábanas blancas, el pelo cayendo sobre su cara mientras se apartaba de una mujer y alargaba una mano para sacar un preservativo del cajón...

Entonces oyó que se abría la puerta y, sin saber qué hacer, guardó los preservativos en el bolsillo del pantalón y cerró el cajón a toda prisa, asustada.

–Me había parecido oír ruido. Estás despierta.

–Sí, claro –dijo ella, mostrándole el cuaderno–. Me desperté cuando cerraste la puerta. Además, ya te dije que tenía trabajo, no tengo tiempo para dormir.

–Ya veo –murmuró Alejandro–. Pues finges muy bien estar dormida.

–No estaba fingiendo, estaba dormida. Me has despertado tú –replicó Tamsin, nerviosa.

No podía evitarlo, la ponía nerviosa estar con él en un sitio tan pequeño, tan íntimo, con una cama...

–¿Entonces no quieres dormir?

–No, no me hace falta. Ya he dormido todo lo que necesitaba.

–Me alegro –Alejandro empezó a quitarse el jersey.

–¿Por qué? –preguntó ella, con voz ronca.

Su irónica sonrisa fue como un jarro de agua fría.

–Porque imagino que entonces no te importará que yo duerma un rato –contestó él, abriendo la puerta–. No trabajes mucho.

El cielo se había vuelto de un tono rosa pálido cuando Tamsin por fin cerró el ordenador y se pasó una mano por la cara. Le escocían los ojos y le dolía el cuello, pero había esbozado cuatro diseños diferentes para el consejo de administración de Los Pumas. Apoyando la cabeza en el respaldo del asiento cerró los ojos y respiró profundamente, cansada pero contenta...

Abrió los ojos unos segundos después. Alejandro estaba a su lado, con esa sonrisa burlona que no parecía abandonar nunca. Tenía el pelo mojado de la ducha y, a la luz dorada de la mañana, parecía el modelo de un anuncio de colonia masculina: relajado, moreno, fresco y guapísimo.

–Buenos días. ¿Has dormido bien?

–No, no he dormido, estaba trabajando y he cerrado los ojos un momento...

–¿Otra siestecita? –la interrumpió él–. Ah, claro. En cualquier caso, te alegrará saber que vamos a aterrizar en unos minutos.

Nada le gustaría más que darse una ducha y cambiarse de ropa, pero no había tiempo para eso, de modo que sólo pudo lavarse la cara antes de volver al asiento.

Después de aterrizar observó a la tripulación colocando la escalerilla del avión mientras dos hombres uniformados entraban en la cabina y hablaban un momento con Alberto...

Pero entonces vio el brillo de las pistolas en sus cinturones y se volvió, asustada.

–¡Alejandro, mira!

–¿Qué?

–Van armados.

Él levantó la cabeza. Su expresión no se alteró mientras miraba a los hombres pero, en silencio, empezó a desabrochar el cinturón de seguridad.

–No hagas ningún movimiento brusco y haz todo lo que yo te diga –murmuró.

Tamsin asintió, sabiendo instintivamente que, si alguien podía protegerla, era él.

–Puedes empezar por sacar tu pasaporte del bolso.

Ella lo miró, sorprendida y enfadada por la estúpida broma, cuando los dos hombres uniformados se acercaron para saludarlo con toda cordialidad. Eran oficiales de aduanas y se mostraban más que amables.

Aquél no era un avión normal y Alejandro D'Arienzo, evidentemente, no era un pasajero normal. Por supuesto, no tendrían que esperar cola para pasar por la aduana. Allí era donde la montaña iba a Mahoma.

Mientras Alejandro hablaba con ellos, Tamsin lo escuchaba, fascinada. Ése era el idioma en el que se había educado de pequeño, pensó. Y era como ver una maravillosa obra de arte en el lugar apropiado.

Siempre había hablado inglés perfectamente, de modo que nadie podría imaginar que no era su lengua nativa, pero había una ligera tensión en su tono, una formalidad que contribuía a darle un aire distante, foráneo.

No era así cuando hablaba en su propio idioma. Entonces su voz flotaba como una caricia, una promesa, una invitacion. Con el estómago encogido, Tamsin inventaba significados para esos deliciosos sonidos que no podía entender...

De repente se dio cuenta de que todos estaban mirándola y que uno de los hombres, con barba, se acercaba a ella y le decía algo que no pudo entender.

–¿Qué dice, Alejandro?

–Relájate, es una simple formalidad. Sólo quieren revisar tu maleta. Aquí tu título no significa nada, lady Calthorpe.

–Ya te he dicho que no lo uso, no sigas con el tema –replicó ella.

El hombre volvió a decir algo y Alejandro lo tradujo:

–Quiere que te vacíes los bolsillos.

Tamsin tragó saliva. Lo único que deseaba era que se la tragase la tierra. O ser abducida por extraterrestres. Porque iba a tener que sacar un montón de preservativos delante del oficial de aduanas argentino y Alejandro D'Arienzo.

Pero metió la mano en el bolsillo y, con gesto desafiante, sacó los envoltorios plateados. El tiempo pareció quedar suspendido mientras el hombre los revisaba... y cuando soltó una carcajada el sonido de su risa hizo eco por el interior de la cabina.

Apartándose el pelo de la cara, resignada, Tamsin miró a Alejandro, esperando que también él estuviera riendo.

Y su corazón se detuvo al ver que su expresión era tan fría y dura como el mármol.

Capítulo 8

ESO ERA lo que se llamaba «ser pillada con las manos en la masa», pensaba Alejandro, recordando su expresión de desafío cuando sacó los preservativos del bolsillo. No dijo nada, probablemente porque era lo bastante inteligente como para saber que incluso ella, Tamsin Calthorpe, que siempre conseguía salir airosa de cualquier situación, estaba arrinconada. Era precisamente su costumbre de seducir y flirtear para salirse con la suya lo que acababa de quedar al descubierto.

Porque resultaba evidente que eso era lo que había intentado hacer: usar todos sus trucos para tenerlo comiendo en la palma de su mano cuando aterrizasen en Argentina; el inconveniente encargo de diseñar los uniformes, olvidado por completo.

Esa confianza en su poder de seducción era impresionante y Alejandro se preguntó cuántos hombres habrían caído en sus redes.

Normalmente se le alegraba el corazón cuando llegaba a la carretera que llevaba a San Silvana, el único sitio que podía llamar su hogar, el único sitio en el que podía relajarse de verdad. Pero ahora, con Tamsin Calthorpe sentada a su lado, la posibilidad de relajarse parecía tan remota como viajar a la luna.

El chófer atravesó los postes que daban entrada a la finca de San Silvana y Alejandro vio la casa a lo lejos, al final de una avenida flanqueada por eucaliptos. Al menos, al contrario que en el interior del jet, San Silvana era lo bastante grande como para que no tuvieran que estar uno encima del otro.

Una frase desafortunada, desde luego.

–¿Ésta es tu casa?

La voz de Tamsin interrumpió sus pensamientos. Estaba inclinada hacia delante, mirando el edificio medio escondido entre los árboles y, por un momento, la dulzura de su perfil con su naricilla respingona, lo pilló desprevenido.

–Bienvenida a San Silvana.

–Es impresionante.

–La civilización también ha llegado hasta esta lejana esquina del planeta –replicó Alejandro, irónico–. ¿Qué esperabas, que viviera en una chabola con tejado de uralita?

–¿Cómo dices?

–¿Creías que la modernidad se limitaba a las costas de Inglaterra?

Tamsin lo miró, perpleja.

–¿Y tú crees que nací ayer? Por supuesto que no. Pero me intriga que tengas una mansión como ésta.

–¿No entiendes cómo la he conseguido?

–Tú mismo me contaste que no tenías familia y que habías trabajado mucho para conseguir todo lo que tienes –Tamsin se encogió de hombros–. ¿A qué te dedicas exactamente?

–Negocios.

Ella bajó la ventanilla para ver mejor la casa... y también para escapar de su mirada. Construida a finales del siglo XIX, la casa, de estilo colonial, se levantaba en medio del llano argentino como una tarta decorada.

Cuando Alejandro le dijo que vivía en una *estancia* había imaginado algo rústico y discreto, una bonita granja o algo parecido. Aquel palacio de ensueño era una sorpresa más.

–¿Qué tipo de negocios? ¿Venta de armas, contrabando de opio?

–Compro empresas que tienen problemas de liquidez. Si merece la pena salvarlas, invierto en ellas y las vuelvo a levantar. Si no, las cierro y vendo los activos.

Lo decía con tal frialdad que Tamsin sintió un escalofrío por la espalda, pensando en la montaña de facturas en su estudio que ni siquiera se atrevía a abrir.

–Ah, ya, qué bonito.

–No, no lo es. Pero es que el mundo real no es siempre bonito.

El coche se detuvo frente a la casa y Tamsin desabrochó el cinturón de seguridad. Estaba claro que aquel bárbaro pensaba que una chica como ella no sabría nada de la realidad de la vida.

Ojalá.

–Lo sé muy bien –contestó con admirable calma mientras el chófer le abría la puerta–. Pero no creo que sea muy agradable para nadie ver cómo cierran tu empresa. Claro que supongo que eso te importa un bledo –Tamsin salió del coche y miró el magnífico frontal de la casa–. Lo que cuenta, evidentemente, son los beneficios.

Alejandro no contestó; no podía hacerlo, pensó ella. No podía encontrar una replica cuando la evidencia estaba frente a los dos.

–Claro que no se te habrá ocurrido pensar que tras cada fracaso profesional hay muchos corazones rotos. Y no se puede poner un precio a los sueños rotos, ¿no te parece?

Cuando se volvió, el chófer estaba sacando las maletas del coche, pero no había ni rastro de Alejandro. Atónita, miró alrededor y lo vio dirigiéndose a la casa.

Ah, bien, el «millonario hecho a sí mismo» había olvidado mostrarse educado con su invitada. Era de esperar.

Sin decir nada, Tamsin siguió al chófer hasta la puerta.

–Entra –dijo Alejandro–. Giselle te llevará a tu habitación.

–¿Giselle?

–Mi ayudante.

–¿Dónde vas tú? –le preguntó al ver que volvía al coche.

–La temporada de polo está a punto de empezar. Voy a los establos.

Los establos.

Muy bien, ése era un sitio donde estaría a salvo porque ella no pensaba acercarse a un caballo.

El interior de la casa tenía un aspecto fresco y acogedor en contraste con aquel día tan caluroso. Tamsin asomó la cabeza para buscar a Giselle, preparada para encontrarse con alguna chica con aspecto de modelo.

–¡Hola! Perdóneme, señorita Calthorpe, he venido corriendo. Pase, por favor.

Tamsin sonrió, aliviada. La mujer debía de tener unos sesenta años y era bajita y robusta, con el pelo gris sujeto en un moño y un delantal de flores.

–Usted debe de ser Giselle.

La mujer soltó una carcajada.

–No, qué va...

–Gracias, Rosa –oyeron una voz entonces–. Yo me encargo de lady Calthorpe.

A Tamsin se le encogió el corazón al ver al prototipo

de la belleza sudamericana caminando seductoramente por el pasillo con unas sandalias de tacón imposible.

–Lady Calthorpe –la saludó, con una sonrisa que no llegaba a sus ojos–. Yo soy Giselle, la ayudante de Alejandro.

Fueran cuales fueran sus otros talentos, y Tamsin podía imaginarlos, quedó bien claro mientras la llevaba por el amplio pasillo de techos altos que Alejandro no la había contratado por su habilidad para las relaciones públicas o por hacer que los invitados se sintieran cómodos. Incluso caminando tres pasos por delante de ella y hablando sólo cuando era estrictamente necesario, conseguía mostrarse antipática. Pero con Giselle en nómina, Alejandro no tendría que comprar un perro guardián, pensó, irónica.

Por fin llegaron a una sala amplia y soleada desde la que podía verse un jardín de los que la gente en Inglaterra pagaba por ver. La sala estaba amueblada de manera sencilla y moderna, con una enorme mesa de trabajo, dos escritorios y una máquina de coser que, seguramente, acabarían de comprar.

–Ésta será su zona de trabajo –dijo la joven, sacudiendo su oscura melena.

Tamsin miró alrededor, asintiendo con la cabeza. Desde luego era mejor que su estudio en Soho, situado sobre un salón de tatuajes.

–¿Y ese escritorio de ahí?

–Es mío –la sonrisa de Giselle le recordó a la de un cocodrilo, lánguida y peligrosa.

–Ah, qué bien –estaba claro que Alejandro le había pedido que la vigilase, quizá para comprobar que no llevaba allí una legión de «diseñadores de verdad» cuando él se diese la vuelta–. ¿Dónde está el despacho del señor D'Arienzo?

–Allí –contestó la ayudante, haciendo un gesto casi posesivo con la mano mientras señalaba una puerta–. Si quiere verlo, sólo tiene que decírmelo.

–Gracias –murmuró Tamsin, con los dientes apretados.

Se helaría el infierno antes de que le pidiese nada.

–¿Cómo va todo por ahí? Dicen que la casa de D'Arienzo es una maravilla.

Tamsin vaciló, mirando el hermoso jardín por la ventana.

Steve Phillips era el gerente de la empresa de equipamiento deportivo que había manufacturado el uniforme del equipo inglés y habían llegado a conocerse bien durante los meses que trabajaron juntos. El «gran desastre de la camiseta» los había unido mucho, pero aun así no tenía tanta confianza como para contarle ciertas cosas.

–Es una maravilla, desde luego. Hace un tiempo maravilloso y he pasado los últimos días trabajando en el jardín, a la sombra de un árbol. Desde luego, esto es mucho mejor que estar todo el día en un estudio diminuto y abarrotado de telas.

Steve dejó escapar un suspiro pero fue Tamsin, imaginando el tráfico pasando al otro lado de la ventana en Archway Road, quien sintió envidia.

Si él supiera, pensó después de colgar. San Silvana era un paraíso, pero incluso el paraíso podía ser muy solitario cuando las otras personas que vivían en él te odiaban a muerte.

Fue un alivio que en los tres días que llevaba allí no hubiera visto a Alejandro, pero lo que la molestaba era la certeza de que Giselle lo veía todos los días.

La abierta hostilidad de la ayudante era muy desagradable, pero podía soportarla. Lo que no podía soportar era cómo cambiaba por completo cuando hablaba con él por teléfono. Viéndola girar el sillón por tercera vez esa mañana mientras cruzaba sus largas piernas y hablaba con tono meloso, Tamsin decidió que no terminaría nunca el encargo si se quedaba allí... y que seguramente acabaría tirándole algo a la cabeza.

Así que tomó sus papeles y su ordenador y salió al jardín para trabajar bajo un cedro. Desde allí podía ponerse en contacto con la fábrica de Londres, además de terminar los cuatro diseños que había empezado a esbozar en el avión.

Pero, aunque el trabajo iba bien, ella se sentía fatal. Como cuando era niña, después del accidente. Desde entonces y durante un tiempo intentaba evitar situaciones que pudieran ser remotamente inseguras. Y así era como se sentía en aquel momento, pero no era su codo lo que intentaba proteger, era su corazón.

De repente le pareció oír un ruido en la distancia que hizo que el vello de su nuca se erizase. Pensó que era su imaginación porque acababa de recordar el accidente, pero el sonido de unas pezuñas golpeando el suelo se acercaba cada vez más...

Asustada, se levantó de un salto y se colocó al lado del árbol para buscar refugio.

El caballo apareció por detrás de unos arbustos, a unos veinte metros, y Tamsin suspiró aliviada al ver que iba con jinete, alguien que podría hacerlo parar o, al menos, alejarlo de ella.

Su corazón dio un vuelco al ver que el jinete era Alejandro. Llevaba botas de montar sobre los vaqueros e iba sin sombrero a pesar del ardiente sol. Incluso ella, que no sabía nada de esas cosas, podía ver que montaba con una elegancia natural, que el brillante y poderoso animal parecía una extensión de sí mismo.

–Ah, ahí es donde te escondes. Estaba a punto de enviar un equipo de rescate.

–No estoy escondida, estoy trabajando –respondió Tamsin.

Pero al darse cuenta de que estaba tras el tronco del árbol se apartó, intentando disimular el miedo que le producía el caballo.

–Giselle me ha dicho que trabajabas aquí. Está preocupada.

–Ah, qué amable –dijo ella, irónica–. Por favor, dile que estoy perfectamente.

–A lo mejor podrías hacerlo tú misma cuando vuelvas al despacho.

–Estoy trabajando aquí.

–¿Aquí, en el jardín? –repitió él, incrédulo–. Querrás decir que estás tomando el sol.

–No, estoy trabajando en los diseños. Aunque tú ya no pareces muy interesado en el tema. Y tampoco pareces precisamente encadenado a tu escritorio, por cierto.

El caballo se movía de un lado a otro, levantando la cabeza y moviendo los ojos de una manera que a Tamsin le parecía alarmante. Pero no la asustaba tanto como el tono letal en la voz de Alejandro cuando dijo:

–No tengo por qué darte explicaciones.

–¿Y yo sí tengo que dártelas a ti?

–Exactamente. Creo que ha llegado el momento de echar un vistazo a lo que estás haciendo. Nos vemos a las siete, en la casa de la piscina.

Capítulo 9

UNAS manos expertas se movían firme, lentamente, por la dolorida espalda de Alejandro, relajando sus músculos, alejando la tensión.

O ésa era la idea.

Tumbado boca abajo en la camilla se movió, inquieto, girando la cabeza para ver el bonito trasero de Madalena mientras masajeaba su espalda.

Necesitaba aquello, se dijo. El partido de Los Bárbaros contra Inglaterra lo había alejado del equipo de polo y había pasado los tres últimos días sobre la silla, trabajando obsesivamente en su técnica y conociendo a los nuevos caballos antes del próximo partido.

–Está usted muy tenso, señor D'Arienzo –dijo Madalena.

Haciendo un esfuerzo, Alejandro intentó pensar en sus nuevos caballos. La energía de la yegua parecía indicar que le daría todo lo que le pidiera, mas rápido, mejor, con más bravura de la que esperaba. Con su color dorado y sus crines rubias, era absolutamente preciosa.

¿A quién le recordaba?

–Tiene que relajarse, señor D'Arienzo.

«Concéntrate, piensa sólo en el juego».

El partido del día siguiente era importante. San Silvana y La Maya eran viejos rivales y entre los ocho jugadores estaban algunos de los mejores de Argentina. Por eso llevaba tres días entrenando sin parar. Por eso debía relajarse. Tenían que recuperar el título que el equipo de La Maya les había quitado el año anterior, y si no dejaba de pensar...

–Ya está bien, Madalena –dijo entonces, sentándose abruptamente.

La masajista se detuvo, sorprendida.

–Pero si acabamos de empezar. Tiene la espalda muy tensa y...

–No, es mejor que lo dejemos.

El masaje de Madalena no conseguía relajarlo esa noche. No podía soportar el roce de sus manos porque su mente se negaba a concentrarse en las tácticas del partido del día siguiente y, en lugar de eso, insistía en volver al mismo territorio peligroso.

Tamsin Calthorpe.

Era increíble. Había pensado que, al menos, se molestaría en fingir que estaba trabajando, pero Giselle le había informado que, aparte de un par de horas el primer día, ni siquiera había vuelto a cruzar una palabra con lady Calthorpe.

Y esa tarde, al verla en el jardín, había quedado bien claro por qué. Tamsin no podía hacer que sus contactos de Londres le enviasen diseños que haría pasar por suyos con Giselle sentada a unos metros de ella. Era lógico que hubiese parecido tan asustada cuando lo vio llegar.

Alejandro suspiró, dejando caer la cabeza. Llegaría en unos minutos para mostrarle lo que, supuestamente, había estado haciendo. Quizá entonces podría decirle que era un fraude.

Y, después de eso, lidiaría con el otro asunto que había quedado pendiente entre ellos, como una bomba en peligro de explotar en cualquier momento.

Durante seis años había estado furioso consigo

mismo por dejar que el deseo nublara su buen juicio aquella noche. Pero lo que lo molestaba ahora no era lo que había hecho, sino lo que *no había hecho*. Si hubiera llevado preservativos, como solía hacer siempre... si no la hubiera dejado en el invernadero, si la hubiera hecho suya en el banco de piedra, no estaría tan torturado por lo que se había perdido.

Entonces lo habían castigado por un pecado que no había cometido, pensó. Y como ya había pagado el precio, ¿no era justo que ahora probase la fruta prohibida?

El sol empezaba a ponerse en el horizonte mientras Tamsin iba hacia la piscina, con el ordenador portátil bajo el brazo.

Llegaba con media hora de antelación, pero era a propósito. Quería preparar la presentación en el ordenador y tener toda la información a mano antes de que Alejandro llegase allí. No quería arriesgarse a cometer un error.

Pero se sentía incómoda con la ropa que llevaba. Había estado una hora haciendo combinaciones con todo lo que llevaba en la maleta y nada daba el resultado apetecido.

Si hubiera llevado su vestido rojo... ese vestido siempre la hacía sentir fuerte, segura de sí misma. O el de color verde lima que había diseñado ella misma para Coronet, con el cárdigan negro sobre los hombros.

Tamsin miró la túnica india, en tonos rosa y dorado, por la que había optado al final. Normalmente se la ponía sobre unos pantalones vaqueros, pero había decidido que ésa era una imagen demasiado informal para una reunión de trabajo, de modo que la llevaba como vestido.

Al menos estaba un poco morena, pensó. Una pena que pareciese vestida para la playa y no para una presentación profesional, pero eso era culpa de Alejandro. Si no hubiera llegado a su casa con antelación, metiéndole prisa...

Tamsin se sobresaltó al ver a una joven de uniforme blanco saliendo de la casita que había frente a la piscina. Era una chica morena, guapísima.

–Buenas tardes –la saludó cuando pasaba a su lado.

No se sentiría tan fuera de lugar si aquel sitio no estuviera lleno de mujeres guapas, pensó, irónica. O tal vez estaba engañándose a sí misma al pensar que los colores y las telas servían de algo. Porque, en el fondo, sencillamente no era lo bastante sexy. Por eso Alejandro se había alejado de ella seis años antes.

La casa de la piscina, como el resto de la finca, tenía un ambiente de colonialismo europeo. Un edificio alto y cuadrado con columnas blancas, a distancia parecía una antigua iglesia española, pero cuando se acercó vio que tenía elementos de gran modernidad; por ejemplo, una de las paredes de piedra había sido reemplazada por un enorme ventanal que se abría a un porche con suelos de barnizada madera y muebles de exterior.

Tamsin dejó el ordenador sobre una mesa y se sentó, suspirando.

Fría y profesional, pensó, mirando la pantalla. Después de comprobar que tenía todos los diseños y la información que iba con ellos, se volvió para mirar hacia la casa. No había ni rastro de Alejandro.

El sol empezaba a ponerse y hacía fresco allí, de modo que se levantó, pasándose una mano por el brazo para entrar en calor. Luego asomó la cabeza en el interior y vio una piscina que ocupaba la mitad del espacio, el resto dedicado a zona de descanso con sillones de mimbre alrededor de un bar. También había un jacuzzi y una piscina más pequeña donde el agua caía de las fauces de un león. Y dos misteriosas puertas.

Tamsin entró, sin hacer ruido, para investigar un rato. Tras la primera puerta, con dos enormes jarrones de porcelana a cada lado, había un amplio vestidor. Pero cuando abrió la segunda puerta fue recibida por una especie de vaho con olor a pino. La habitación estaba iluminada por focos diminutos situados en el suelo y era como entrar en una nube de verano.

Era muy agradable, como una sauna. La fragancia a pino y lavanda calmaba sus nervios y la tensión de sus rígidos hombros. Tamsin cerró los ojos y respiró profundamente, alargando una mano hacia donde imaginó que habría alguna silla...

Pero su mano chocó con algo duro y caliente...

–Ay, Dios mío...

Su corazón empezó a palpitar, acelerado.

–No, por favor, no pares –oyó la voz de Alejandro, que estaba rozando su pierna con un dedo–. Esto empezaba a ponerse interesante.

Debería moverse. Por supuesto que sí. Debería alejarse de esos dedos que trazaban lánguidos círculos en su muslo, de la amenaza que ahora la envolvía junto con el vapor de la sala, pero...

–No sabía que estuvieras aquí.

Empezaba a acostumbrarse a la penumbra y, cuando Alejandro se incorporó, tuvo que contener un gemido al ver que sólo llevaba un bañador.

Era magnífico. Sentado en una especie de camilla, con la piel brillante como el cobre, los ojos de Tamsin viajaron automáticamente hasta el tatuaje de su pecho.

–Si has venido para reunirte conmigo, es muy pronto.

–He venido antes para preparar la presentación.

El vapor que los envolvía hacía que todo sonara sensual, extraño. Incluso su propia voz sonaba ronca e íntima.

Él rió suavemente.

–Sí, claro, debería haberlo imaginado. Estoy deseando ver tu presentación, pero... –Tamsin pudo detectar una nota siniestra en su voz– te lo advierto, tengo muchas expectativas.

–Si estás intentando intimidarme, no lo vas a conseguir.

–¿No? Pues pareces nerviosa.

Alejandro saltó de la camilla para acercarse a ella. La seda de la túnica se pegaba a su piel, pero cuando llegó a su lado sintió otra humedad mucho más secreta.

–¿Nerviosa? ¿Por qué iba a estarlo?

–Dímelo tú.

Estaba tan cerca ahora que podía ver el brillo de triunfo en sus ojos oscuros.

–Ah, se me había olvidado –siguió él–. No puedes, ¿verdad? No puedes porque la honestidad no es tu punto fuerte.

El insulto la hizo recuperar el sentido común y se dio la vuelta para salir de allí, pero con la rápida reacción que lo había convertido en uno de los mejores jugadores de rugby, Alejandro la tomó del brazo.

El brazo derecho.

Tamsin se quedó muy quieta. Debería apartarse, pero él estaba sujetando su muñeca y el instinto le advirtió que no hiciera ningún movimiento brusco. La experiencia le había enseñado que un mal gesto podía romper los frágiles huesos de su codo otra vez.

–Tú no sabes nada de mí –le espetó.

–Eso es lo que tú crees, cariño.

Tamsin no estaba segura de cómo había pasado y sabía que Alejandro no se había movido pero, de repente, sentía un terrible dolor subiendo por su brazo. Un dolor que la mareaba...

Abrió los labios para dejar escapar un gemido y él soltó su muñeca para tomarla por la cintura y buscar sus labios ansiosamente.

Y ella le devolvió el beso. No quería hacerlo, pero ya no podía controlarse. Tomó su cara entre las manos y sintió el roce de su barba. Su piel estaba húmeda y caliente...

Como ella.

El vapor de la habitación no era nada comparado con el fuego líquido que crecía en su interior. Alejandro metió una mano bajo la túnica, deslizándola por sus costillas, bajo sus pechos...

Un gemido escapó de su garganta cuando apartó una de las copas del sujetador para acariciarla con su áspera mano.

Alejandro metió una rodilla entre sus piernas y, automáticamente, ella las abrió, empujando hacia delante.

Se besaban con ardor, sus lenguas jugando, apartándose y buscándose de nuevo con un ritmo tan primitivo y tan antiguo como el tiempo. Y, sin embargo, un ritmo que Tamsin no había experimentado nunca.

Desde la primera vez.

La primera y última vez.

–Alejandro...

A su alrededor todo estaba oscuro y, antes de que la oscuridad la envolviese del todo se apartó, sintiendo una oleada de aire frío. Pero sólo había conseguido dar un par de pasos adelante cuando se le doblaron las rodillas...

Alejandro la sujetó antes de que cayera al suelo. Se moría de deseo y tenerla así, subyugada, no lo ayudaba en absoluto. Pero el deseo se mezclaba con otra emoción, menos sencilla.

La preocupación.

Tamsin Calthorpe era una delicada rosa inglesa y debería haber imaginado que no sería capaz de soportar ese calor. De modo que abrió el grifo de la ducha y dejó que el agua fría cayera sobre sus hombros.

–Suéltame...

–Espera un momento.

–Suéltame ahora mismo.

–No te muevas, Tamsin.

–No sé qué me ha pasado...

–Te has mareado por el calor –dijo él, cerrando el grifo.

Cuando se dio la vuelta, Alejandro se quedó sorprendido por la furia que había en sus ojos. El empapado vestido estaba pegado a su cuerpo, de modo que el sujetador y las braguitas eran claramente visibles. Y reconoció el conjunto de sencillo algodón que había guardado en la maleta, intentando parecer pura y virginal.

–Suéltame de una vez.

Temblaba violentamente y sus labios, que habían sido jugosos y rojos un momento antes, habían adquirido un tono azulado.

Sin molestarse en contestar, Tamsin tomó una toalla y se envolvió en ella.

–Quítate el vestido.

–Sí, claro que voy a quitármelo. Pero si crees que voy a hacerlo delante de ti, estás muy equivocado.

Y, después de eso, Tamsin entró en el vestidor sin mirar atrás.

Capítulo 10

FRÍA y profesional?

Oh, por favor. Menuda broma.

Dejando escapar un suspiro, Tamsin se miró al espejo. El pálido rostro y el pelo aplastado eran horribles, pero mucho peor era el recuerdo de la criatura lasciva que se había apretado contra Alejandro unos minutos antes.

Estaba avergonzada, pero no podía negar el placer que había sentido. El placer prohibido y delicioso de besarlo, de sentir el duro cuerpo masculino contra el suyo.

Y el absurdo de creer por un momento que era una situación normal; un hombre y una mujer que se atraían el uno al otro.

Cerrando los ojos, apoyó la cabeza en la pared un momento antes de abrir el grifo del lavabo para mojarse la cara. Alejandro estaba jugando con ella. La había llevado a San Silvana decidido a demostrar que no era más que una niña mimada sin una onza de talento, pero quizá empezaba a temer estar equivocado.

Y eso no podía ser, claro. Alejandro D'Arienzo moriría antes de reconocer que había cometido un error. Prefería seducirla. Aunque había dejado claro que no la encontraba atractiva, prefería besarla sólo para minar su profesionalidad y hacer que fracasara en la presentación.

Y casi lo había logrado.

Después de secarse con la toalla miró alrededor, buscando algo que pudiera ponerse... y encontró una preciosa bata azul de seda que colgaba de una percha. Al ponérsela se quedó sorprendida. Era mucho más que una bata, era una prenda delicada y elegante que hacía que sus ojos pareciesen casi de color aguamarina. Aunque eso no ayudaba mucho porque el pelo corto caía empapado sobre su cara y su rostro, en protesta después del baño de agua fría, brillaba como un desastre nuclear.

Genial, pensó, atándose el cinturón antes de abrir la puerta. Era una diseñadora de moda a punto de hacer una presentación y estaba hecha un desastre. Un día, pensó, recordaría aquello y se echaría a reír.

Pero no creía que eso pudiera pasar en mucho tiempo.

Alejandro oyó el ruido de la puerta, pero siguió nadando, concentrándose en el ritmo de las brazadas. Cuando llegó al otro lado de la piscina dio la vuelta y la vio acercándose a él.

Las brazadas perdieron el ritmo.

La bata azul se pegaba a su delicada figura y, con el pelo rubio cayendo sobre su cara y la cara brillante, sin gota de maquillaje, había en ella una simplicidad, una ingenuidad, que se abrió paso hasta un sitio guardado dentro de su corazón.

¿Tamsin Calthorpe ingenua?

Sí, seguro, tan ingenua como Cruella de Vil.

Tamsin salió al porche para sentarse frente al ordenador, pero Alejandro siguió nadando un rato, retrasando el momento en el que tendría que salir del agua y enfrentarse con ella. Decidido hasta entonces a demostrar que era una heredera sin talento ayudada por su influyente padre, ahora no sentía el menor deseo de enfrentarla con la evidencia que tanto había esperado encontrar.

Y no entendía por qué.

Saliendo del agua, se secó con una toalla a toda prisa y, después de comprobar que Tamsin estaba de espaldas, se quitó el bañador para ponerse los vaqueros. En circunstancias normales no se hubiera molestado en vestirse, pero aquéllas no eran circunstancias normales. Lo que había sentido mientras la besaba no era normal. No podía sentarse con ella sabiendo que bajo la bata azul no llevaba nada.

Tomando dos cervezas de la nevera del bar, salió al porche. Ya no hacía calor y una luna teñida de color albaricoque colgaba como una joya en el cielo rosado. Tamsin levantó la mirada cuando puso la cerveza frente a ella.

–Gracias. Y gracias por la bata... no sé de quién es, pero la he tomado prestada.

–De nada. ¿Quieres que empecemos?

–Sí, claro.

Tamsin intentó disimular el temblor de sus dedos mientras intentaba mover el irritante cursor.

–Empezaremos por el diseño que me parece más adecuado –le dijo. Alejandro estaba tras ella y, aunque no podía verlo, sentía su torso, ancho y moreno, casi rozándola–. ¿Qué te parece?

–Muy bien. El siguiente.

Su mejor diseño y él lo trataba con total desdén...

–Éste es más tradicional. Los colores de la bandera argentina...

–Ya lo veo. El siguiente.

Ella tragó saliva mientras el tercer diseño aparecía en la pantalla. ¿Por qué tenía que ser tan grosero?

–En la franja central de las camisetas hay espacio suficiente para el nombre del patrocinador.

–Sí, muy bien, el siguiente.

Tamsin movió el cursor, pero no abrió el archivo. ¿Alejandro D'Arienzo no había aprendido que cuando uno quería algo tenía que pedirlo amablemente?

–¿Tienes idea de quién podría ser el patrocinador del equipo? Estaría bien saber qué empresa es porque quizá quiera unos colores determinados o un tipo de letra especial.

–El consejo de administración sigue negociando con los patrocinadores, de modo que aún no lo sabemos –respondió él, sin disimular su impaciencia–. ¿Puedo ver el resto de los diseños?

–Sólo hay uno más.

Estaba casi encima de ella y podía oler el cloro de la piscina en su piel, pero además de eso notaba su propio aroma, tan masculino, mientras movía el cursor para abrir el archivo.

Aquél era el que había diseñado con Alejandro en mente.

–Las camisetas son más ajustadas que las anteriores –le dijo, después de aclararse la garganta–. En ésta, en lugar del tradicional puma en el torso, he puesto el sol de la bandera de Argentina.

–En la bandera el sol aparece en el centro. Tú lo has puesto a un lado.

–Sí.

–¿Por qué?

–Por ti, lo he hecho pensando en ti –contestó Tamsin, levantando una mano para rozar el tatuaje de su pecho.

El roce, tan suave y breve como la caricia de una mariposa, lo hizo sentir una extraña emoción y tuvo que concentrarse para que Tamsin no lo viera en su cara.

De modo que era su propio trabajo. Ningún equipo de diseño podría haber creado algo tan personal. Por un momento no supo qué decir y se quedó mirando mientras cerraba cada archivo, pasando suavemente los dedos por el cursor de una manera que lo hacía sentir escalofríos. La luz de la pantalla iluminaba su rostro y se dio cuenta de que el escote de la bata se había abierto ligeramente, revelando el nacimiento de sus pechos.

Y sintió como si le hubieran dado una patada en el estómago.

–Supongo que has comprobado que soy yo quien hace los diseños –dijo Tamsin entonces–. Pero lamento que no te gusten. No te preocupes, yo misma reservaré un billete de avión para Londres mañana a primera hora.

–No.

–¿Cómo?

–Que sí me gustan –dijo Alejandro–. Pero mi plan era ampliar el encargo y, una vez que los uniformes para el equipo de rugby estén terminados, me gustaría que te quedases.

–No te entiendo.

–Quiero que te encargues de diseñar un uniforme para el equipo de polo de San Silvana.

Tamsin sacudió la cabeza, absolutamente sorprendida. Argentina tenía los mejores equipos de polo del mundo. Nadie podía rivalizar con ellos... de modo que el uniforme sería visto en todo el mundo.

–No puedo. Yo no sé nada sobre ese deporte...

–Pues quédate y averígualo –dijo él–. Puedes empezar mañana mismo. Hay un partido entre San Silvana y La Maya, nuestros grandes rivales. Ve a verlo.

Un puñado de estrellas habían aparecido en el cielo e incluso ellas parecían estar esperando su respuesta. Tamsin se había vuelto para mirarlo, sujetando el ordenador contra su pecho como un escudo.

–Muy bien, de acuerdo.

La tensión que Madalena había intentado relajar una hora antes desapareció inmediatamente y Alejandro tuvo que contenerse para no levantar el puño en gesto de triunfo.

–Estupendo.

Rápidamente, como si no quisiera cambiar de opinión, Tamsin se dirigió hacia la casa. Él la vio alejarse, frustrado como nunca cuando el viento levantó el albornoz, dejando al descubierto sus piernas.

–¿Tamsin?

–¿Sí?

–Mañana, después del partido, hay una fiesta en el club. Podría ser interesante que acudieras.

–Muy bien, gracias.

–¿Irás entonces?

–Si eso puede ser interesante para mi trabajo, ¿por qué no?

¿Qué demonios acababa de pasar?

Tamsin caminaba a toda velocidad, sujetando el ordenador contra su pecho y, a la vez, intentando que no se abriera el escote de la bata. ¿Por qué había aceptado quedarse para diseñar el uniforme del equipo de polo?

Cuando se trataba de Alejandro D'Arienzo parecía tener serios problemas para decir «no».

Por salud mental, y por su pobre corazón, debería hacer la maleta y reservar el primer vuelo a Londres. A Alejandro le habían gustado sus diseños, de modo que en cuanto se reuniera con el consejo de administración y eligieran uno de ellos podría volver a casa. A su negocio, a su vida.

Tamsin tragó saliva, angustiada.

¿Qué negocio, qué vida?

Coronet era su vida y estaba hundiéndose. Sally había llamado el día anterior para contarle que ya había imitaciones de los diseños de Coronet para la temporada de primavera en los escaparates de una tienda de la calle Oxford.

Aquel encargo no era sólo un salvavidas; además posponía su vuelta a Londres, donde tendría que lidiar con la difícil situación de su empresa. Y posponía el momento en el que tendría que despedirse de Alejandro. Porque, a pesar de ser un hombre frío y cruel, a pesar de que a veces parecía odiarla, se sentía viva cuando estaba con él.

Y ésa, por supuesto, era la verdadera razón por la que había aceptado quedarse.

Pero tendría que acudir a un partido de polo, verse rodeada de caballos...

Tamsin sintió que su frente se cubría de sudor. Le dolía el codo sólo de pensarlo. Y luego, cuando el partido hubiese terminado estaba la fiesta, que podía imaginar con horrible claridad. El polo era un deporte exclusivo, carísimo, sólo para ricos. ¿En qué lío se había metido?

Pero sobre todo: ¿qué iba a ponerse?

Capítulo 11

LA IMPRESORA escupía páginas que Alejandro iba tomando sin levantar la mirada. La taza de café que Rosa le había llevado seguía sin tocar y la única luz de la habitación llegaba de la pantalla del ordenador. Encendiendo la lámpara del escritorio, el informe de la empresa Coronet apareció en blanco y negro frente a sus ojos.

Alejandro había llamado a algunos contactos en Inglaterra y movido cielos y tierra para encontrar información sobre la empresa de Tamsin.

Al principio seguía mostrándose un poco escéptico. Muy bien, sí, había desarrollado ideas interesantes para el uniforme de Los Pumas, pero tal vez había sido un golpe de suerte.

Sin embargo, después de ver un montón de fotografías de famosas llevando diseños de Coronet en alfombras rojas por todo el mundo tenía que reconocer la verdad: lady Calthorpe era una diseñadora de éxito.

¿Pero entonces por qué perdía dinero su empresa? Tenían muchos encargos y los precios eran desorbitados...

Enfadado, Alejandro tiró los papeles sobre la mesa. ¿Qué estaba haciendo?

Aquélla era la mujer por quien había perdido su sitio en el equipo de rugby de Inglaterra. La única pregunta que debería estar haciéndose era por qué demonios le importaba tanto.

Tamsin respiró profundamente antes de dar el primer corte en la seda azul, el sonido de las tijeras haciendo un siniestro eco en la silenciosa habitación.

En fin, ya no podía dar marcha atrás. No tenía más remedio que usar la seda de la bata porque no podía ponerse nada de lo que había llevado en la maleta.

En sus días de estudiante solía comprar prendas de segunda mano que después arreglaba o remodelaba y ahora tenía que volver a hacerlo. El mundo más allá de la mesa de trabajo desapareció mientras cortaba y cosía la preciosa seda azul. Era un poco como alquimia.

En realidad, le divertía volver a hacer aquello. Sally era la encargada de la costura, o al menos de hilvanar las prendas antes de llevarlas al taller, mientras ella se encargaba exclusivamente de los diseños, pero sentir la seda bajo sus dedos era increíblemente relajante.

Era muy tarde y la casa estaba en silencio mientras se quitaba la camisa de lino blanco para probarse su nueva creación frente al cristal de la ventana. No era fácil saber cómo había quedado sin tener un espejo, pero la sensación de la seda era muy agradable.

Tamsin se quitó el vestido y se sentó frente a la máquina de coser. Aquélla era su parte favorita: cuando los alfileres eran reemplazados por puntos, cuando una prenda estaba terminada.

El sonido de la máquina le parecía ensordecedor pero, esperando que las sólidas paredes evitaran que despertase a alguien, siguió cosiendo.

* * *

Estaba desnuda.

Ése fue su primer pensamiento antes de comprobar que llevaba un sujetador rosa y unas braguitas del mismo color. En la puerta de la oficina, viéndola inclinada sobre la máquina de coser, Alejandro sintió que el deseo que había estado latiendo a un ritmo constante, de repente se volvía fiero, incontenible.

Testosterona, pensó, irónico. Algo maravilloso en el campo de rugby y un estorbo en muchas otras situaciones. Especialmente cuando había una chica cerca.

–En el informe dice que tú diseñas los vestidos, no que los haces personalmente.

Lo había dicho en voz baja, pero Tamsin levantó la cabeza de inmediato.

–¿Qué haces aquí? –exclamó, levantándose a toda prisa para ponerse una camisa blanca.

–Trabajar –suspiró él–. Paso algún tiempo en la oficina, aunque no suelo hacerlo a horas normales. ¿Qué haces tú?

–Es para la fiesta –respondió Tamsin–. Curiosamente, no me dio tiempo a guardar en la maleta un vestido de fiesta.

Alejandro la recordó en medio de su habitación, con los brazos llenos de ropa y ese brillo combativo en los ojos...

–No, claro que no. No has venido aquí para pasarlo bien.

–Por supuesto. Y espero que no te importe –dijo ella, mostrándole la bata.

Alejandro se limitó a sonreír.

–¿Sabes hacerlo? –preguntó, señalando la máquina.

–Espero que sí, pero hace tiempo que no usaba una máquina de coser. De eso se encargan en el taller.

Quizá había cometido un error invitándola a la

fiesta, pensó Alejandro. Conociendo su historia con el equipo de rugby de Inglaterra, meterla en una habitación llena de jugadores de polo sería como dejar suelto a un niño en un parque de atracciones. Y no pudo evitar sentir un ataque de celos al preguntarse en el suelo de qué habitación acabaría ese vestido en veinticuatro horas.

–Pero esto es lo tuyo, ¿no? –murmuró, rozando la seda azul con los dedos.

Tamsin había vuelto a sentarse frente a la máquina de coser y observó sus delgados y hábiles dedos guiando la tela.

–Es lo que solía hacer cuando acabé la carrera. Pero no sé si podré hacerlo cuando vuelva a Londres.

–¿Por qué?

–El negocio no va bien –suspiró Tamsin–. La crisis está afectando a la alta costura más que a ningún otro negocio...

Entonces, tan repentinamente que creyó haberlo imaginado, una lágrima brilló a la luz de la lámpara antes de perderse entre sus dedos.

Y una extraña emoción envolvió a Alejandro como un trueno; una complicada mezcla de sorpresa, deseo y primitivo deseo de protegerla.

–Ay, por favor, qué ridículo... yo nunca lloro. Es absurdo –Tamsin se levantó para recoger un trozo de tela que había caído al suelo.

–Quizá yo podría ayudarte.

–No, gracias.

–Me refería a tu negocio.

–¡No, por favor! No creas que te lo he dicho esperando que me ofrecieras ayuda. No pasa nada, ya nos las arreglaremos de una forma o de otra.

Su vehemencia lo sorprendió tanto como su evidente

angustia. Se había acostumbrado a pensar en Tamsin Calthorpe como una chica que no se preocupaba de nada más serio que comprar bolsos de diseño y le costaba trabajo acostumbrarse a verla desde otra perspectiva.

–En realidad, así es como me gano la vida.

–Ah, sí, claro, tú compras empresas con problemas. ¿Qué quieres, quedarte con mis activos? Te advierto que son pocos.

–No tendríamos que llegar a eso.

–¿No? Desgraciadamente, yo no tengo tanta confianza.

«Tal vez no, pero tienes un padre rico», pensó Alejandro. Sin embargo, al ver que Tamsin lo miraba con los ojos brillantes y las mejillas sonrojadas, casi se mareó de deseo.

–Entonces, deja que te ayude.

Ella tragó saliva. Alejandro irradiaba fuerza, capacidad y seguridad en sí mismo. Le gustaría dejarse caer en sus brazos y dejar que él se encargara de todo.

Pero no iba a hacer eso.

–Gracias...

Sin darse cuenta, dejó escapar un gemido. Apenas audible, apenas algo más que un suspiro, pero eso fue todo lo que hizo falta para que Alejandro se apoderase de sus labios.

Un incendio explotó dentro de ella cuando sus lenguas se encontraron y empezaron su erótica danza. Él la apretaba contra su cuerpo para que pudiera sentir su calor, su fuerza, el apremio de su erección. Y Tamsin se sintió segura.

¿Segura?

¿Qué tontería era ésa?

No estaba segura con él, estaba en peligro.

Alejandro D'Arienzo tenía la capacidad de herirla

más que ningún otro hombre en la tierra. Por eso, haciendo un esfuerzo sobrehumano, lo empujó y salió corriendo.

–¡Tamsin! –la llamó él.

Corría por la casa con los pies descalzos, pensando sólo en alejarse de Alejandro, sabiendo que, si pasaba un segundo más a su lado, se rendiría. Y entonces habría perdido la silenciosa batalla que había habido entre ellos desde que se encontraron en el túnel de Twickenham.

En cualquier caso, él había ganado desde el principio. Su corazón había sido suyo desde el momento que la tocó seis años atrás. Incluso antes, cuando empapeló las paredes de su habitación con sus fotografías, que besaba cada noche antes de irse a dormir.

El juego estaba perdido. Lo único por lo que luchaba en aquel momento era su orgullo y su dignidad.

Tamsin corrió hacia la escalera, iluminada por la luz de la luna. Su corazón latía furiosamente y perdió pie en el último escalón, golpeándose la espinilla.

De dos en dos, como una pantera, Alejandro subía tras ella.

–¿Te has hecho daño?

–Sí.

–¿Te importaría decirme a qué estás jugando?

–No estoy jugado a nada –contestó ella–. Estoy aquí exclusivamente para trabajar.

–Ya veo. Y como he aprobado tus diseños, no hay necesidad de que utilices otros *incentivos*, ¿es eso?

–¿Qué estás diciendo? ¿Y por qué insistes en pensar lo peor de mí?

Delante de ella, en el pasillo, con la luz de la luna cayendo sobre sus impresionantes hombros, parecía una estatua.

–¿No utilizas el sexo como un medio para manipular y traicionar?

–¿Yo? Estás loco –murmuró Tamsin, atónita.

Los ojos oscuros de Alejandro brillaban con malicia.

–Eso es lo que haces, cariño. ¿Por qué si no me darías pie para apartarte después?

–¡Porque me das miedo! –gritó ella, sin poder evitarlo–. Me das miedo porque nunca había hecho eso con nadie... salvo aquella noche en casa de mi padre. Soy virgen, Alejandro. Una virgen patética de veinticuatro años que no sabe nada sobre trucos de seducción o estrategias de dormitorio... ¡por eso no sé ni lo que hago!

Él se quedó inmóvil.

–Tamsin... –empezó a decir.

–Es muy gracioso, ¿verdad? Espero que lo pases bien contándoselo a tus amigotes.

Después de decir eso, corrió a su habitación y Alejandro no intentó seguirla.

Capítulo 12

ES PRECIOSA, Alejandro. ¿Dónde la has encontrado?

Mientras abrochaba las rodilleras sobre los pantalones blancos de polo, él estuvo a punto de contestar: «En Londres». Pero se dio cuenta de que Francisco se refería a su nueva yegua.

–En Palm Beach. Es muy joven y no tiene experiencia, pero es una delicia montarla.

Francisco y él eran algo más que compañeros de equipo; eran amigos, pero Alejandro no quería hablarle de Tamsin.

Porque ni él mismo sabía lo que estaba pasando.

La yegua, de pelo castaño, estaba un poco apartada de los demás caballos que pastaban tranquilamente al sol, y cuando Alejandro se acercó, pudo ver que el animal estaba temblando.

Le recordaba a Tamsin la noche que se conocieron, apartada de esas otras chicas con su ensayado encanto...

Se había equivocado tanto con ella, pensó, arrepentido y avergonzado. Tenía que intentar solucionar las cosas.

No la había visto aquella mañana, pero había enviado a Rosa a su habitación con un café y un mensaje pidiéndole que lo acompañase al partido. Era una oferta de paz y una concesión considerable por su parte. Antes de un partido normalmente no aceptaba distracciones de ningún tipo y pedirle disculpas a una mujer y hablar de sus sentimientos era una distracción de proporciones colosales.

«No, gracias», había sido su respuesta. Tamsin prefería ir al partido por su cuenta. Y no poder hablar con ella, no poder darle una explicación iba a ser una distracción mucho peor.

Alejandro se reunió con el resto del equipo sabiendo que, como capitán, dependía de él hacer las tácticas para cada *chukka* y decir algo que los inspirase.

Pero ahora, como la noche anterior, le fallaron las palabras.

Una figura llamaba su atención en las gradas. Entre las esposas y novias de los demás jugadores, todas enjoyadas y arregladísimas, la belleza de Tamsin destacaba como ninguna.

Y se le encogió el estómago al mirar ese rostro tan pálido y los ojos ocultos tras unas gafas de sol.

Pero, haciendo un esfuerzo hercúleo para concentrarse en los tres hombres que había frente a él, consiguió sonreír:

–De hoy dependen muchas cosas, chicos. Tenemos mucho que demostrar.

Tamsin nunca había visto tantas mujeres guapas y sofisticadas. Sentada en las gradas, rodeada de pieles doradas, vestidos de diseño y diamantes tan grandes como pelotas de golf, se sentía tan fuera de lugar como un simple clavel en un ramo de exóticas flores.

Aunque eso no importaba. Recordaba la expresión de Alejandro la noche anterior, cuando le contó la verdad. No era de sorpresa, era de horror.

Ni siquiera había podido decir nada. Y la invitacion de esa mañana, enviada a través de Rosa, era «demasiado poco, demasiado tarde». Aunque no hubiera tenido un patológico miedo a los caballos, Tamsin no habría aceptado tan condescendiente invitación.

Suspirando, colocó sobre sus rodillas el cuaderno de dibujo, alegrándose de que las gafas de sol escondieran sus ojos enrojecidos.

«Estoy bien», se decía a sí misma. Lo único que tenía que hacer era observar el partido y esbozar un uniforme. Ni siquiera tenía que mirar a...

Un aplauso señaló la entrada de los equipos y Tamsin apretó convulsivamente el lápiz al ver a Alejandro.

Medio escondido bajo el casco negro y la sombra de barba, su rostro parecía duro como el granito. Con un pantalón de montar blanco, botas de cuero y una camiseta verde con el número dos en la espalda, resultaba tan imposiblemente atractivo que se le quedó la boca seca.

Montaba el caballo dorado que había visto el día anterior, erguido sobre la silla con una indiferencia que contrastaba con su seriedad.

Los dos equipos galoparon por el campo como guerreros dispuestos a la batalla, los mazos de polo al hombro. Cuando se colocaron frente a las gradas, el ambiente en el campo era eléctrico, pero Tamsin no podía ver a nadie más que a Alejandro.

El partido empezó y fue como si le hubieran arrancado el corazón para tirarlo bajo las patas de los caballos. Nunca había presenciado tal violencia. Era como una escena del Armagedón: los mazos cortando el aire y la bola rebotando como un misil mientras los animales chocaban unos contra otros.

Asustada, Tamsin no podía apartar los ojos de Alejandro mientras galopaba por el campo perseguido por el número cuatro de La Maya. A pesar de los protectores, las patas de los caballos parecían demasiado delicadas para un juego tan violento.

Alejandro se inclinó sobre el cuello de su caballo y Tamsin sintió pánico al ver al número cuatro cruzarse en su camino, como un caballero en una justa.

¿Cómo podían aquellas mujeres ver el partido tranquilamente? ¿Esos rostros impasibles eran el resultado de una total indiferencia o de cantidades industriales de bótox?

Cuando creyó que no podía soportarlo más, el árbitro hizo sonar el silbato. Fue como tirar un cubo de agua fría sobre un grupo de perros de presa; los dos equipos se separaron inmediatamente y Tamsin dejó escapar un suspiro de alivio.

«Gracias a Dios ha terminado y está bien».

Pero un minuto después tuvo que controlar un suspiro de angustia. Porque en lugar de desmontar, Alejandro saltó hábilmente a la silla de un caballo negro de aspecto fiero.

–¿Perdone? –Tamsin se volvió hacia la rubia que tenía al lado–. ¿Ha terminado el primer tiempo?

La mujer bajó sus gafas de sol, con montura de diamantes, y la miró con curiosidad.

–No, ha terminado el primer *chukka*... o sea, el primer período.

–Ah. ¿Y cuántos *chukkas* hay?

–Seis.

Tamsin estuvo a punto de ponerse a llorar cuando los jugadores volvieron al campo. Ahora sobre un caballo negro, Alejandro le recordaba a un caballero oscuro en una brutal batalla medieval. Pero se dio cuenta de que los demás miembros del equipo parecían seguir sus órdenes y que, cada vez que conseguía un gol, las mujeres se levantaban para aplaudir.

En el campo, el sol golpeaba los cuartos traseros de los animales, ahora brillantes de sudor, mientras seguía la batalla. Tamsin cerró los ojos, pero tuvo que abrirlos unos segundos después, buscando desesperadamente a Alejandro entre los jugadores para comprobar que estaba bien.

«¿Por qué me importa tanto?», se preguntaba a sí misma.

La respuesta apareció de inmediato, pero no logró hacer que se sintiera mejor:

«Porque estoy enamorada de él».

Alejandro se dirigía a los vestuarios durante un descanso, angustiado. A pesar de haber practicado poco gracias a sus compromisos con Los Bárbaros, y a no haber pegado ojo la noche anterior gracias a Tamsin, había logrado ocho goles.

Si podía mantener la atención en el juego, pensó, enfadado, aún tendrían una oportunidad de ganar.

Pero la presencia de Tamsin en las gradas era como una espina en su carne. El primer *chukka* no había ido mal, pero durante los dos últimos no había podido dejar de pensar en ella, tan próxima y tan intocable. Estaba pálida, su rostro medio escondido por las gafas oscuras. Pero cuando la vio inclinar la cabeza no podía saber si estaba asustada por el juego o aburrida de muerte.

Tenía que hablar con ella.

Un grupo de buscadores de autógrafos formó un círculo a su alrededor y Alejandro se sintió mareado por la mezcla de perfumes mientras se inclinaba para firmarlos. Luego, inquieto, entró en los vestuarios y llamó a Giselle.

–Necesito unos números de teléfono.

Cuando salió del vestuario, Francisco estaba esperándolo con gesto de preocupación.

–¿Te pasa algo?

–No, estoy bien –Alejandro se acercó a los caballos y tocó el flanco de la yegua. En cuanto lo hizo, ella levantó la cabeza. Podía sentir la tensión de sus músculos bajo la satinada piel. Estaba tan tensa como un arco, pero dispuesta a seguir intentándolo.

–Es muy especial, ¿eh? –sonrió Francisco.

Él suspiró.

–Sí, desde luego.

De vuelta en el campo, lo primero que notó fue que Tamsin no estaba en su asiento.

«Cálmate», se dijo a sí mismo, negándose a buscarla entre la gente. Pero cuando el árbitro lanzó la bola, señalando que comenzaba el segundo tiempo, no pudo dejar de notar que su asiento seguía vacío.

De modo que estaba aburrida. Tan aburrida que ni siquiera se había quedado a ver todo el partido. Bueno, eso era algo nuevo. Él estaba acostumbrado a que las mujeres aceptasen lo que les ofrecía, fuese una invitación a cenar, regalos o entradas para exclusivos partidos de polo. Y que Tamsin lo rechazase todo no auguraba nada bueno para la oferta de paz que acababa de poner en marcha por teléfono.

Cuando la bola entró entre los dos postes, el público empezó a aplaudir.

La rabia que sentía lo estaba ayudando a jugar bien pero, por una vez, no obtenía satisfacción alguna. Incapaz de concentrarse durante el primer tiempo por la presencia de Tamsin, su ausencia era una distracción peor. Jugaba por puro instinto y casi fue una sorpresa cuando el árbitro hizo sonar el silbato.

San Silvana había ganado el partido, pero mientras Francisco espoleaba a su caballo para abrazarlo, Alejandro no sentía euforia alguna. Porque sospechaba que acababa de perder algo mucho más importante.

Tamsin estaba frente al espejo de su habitación, desolada.

Bueno, se lo merecía por perder la concentración mientras estaba cortando una tela.

La seda azul seguía siendo tan fantástica como el día anterior, pero el vestido le había quedado demasiado ajustado y con un escote que era casi indecoroso.

Al menos había transformado la bata en un vestido de noche, pensó, intentando animarse.

Y, después de haber visto a las mujeres que rodeaban a Alejandro durante el descanso del partido, iba a tener que animarse. Se había acercado a él para decirle que se marchaba pero, al final, no se molestó. Había sido una bobada pensar que él notaría su ausencia.

Tamsin se sobresaltó al oír un golpecito en la puerta y, cuando abrió, Giselle estaba al otro lado, tan alta y esbelta como siempre.

–Esto es de parte de Alejandro –anunció, mirándola con curiosidad–. Me ha pedido que te diga que... lo siente.

–Gracias –Tamsin tomó la bolsa y cerró la puerta sin decir una palabra más. No pensaba mostrarse amable con alguien que se había mostrado tan descortés desde el primer día.

Pero, con el corazón acelerado, apartó varias capas de papel cebolla hasta tocar una pieza de tela. Era como si, de repente, hubiese aparecido el hada madrina para convertir los harapos de Cenicienta en el vestido de sus sueños. La seda de color esmeralda caía en diminutos volantes desde los hombros y Tamsin admiró el corte exquisito y la originalidad del diseño, encantada...

Durante dos segundos.

Porque enseguida la realidad cayó sobre ella como una ducha de agua fría.

No tenía mangas.

Cenicienta iría al baile con harapos después de todo.

Había una magia especial en los jardines de San Silvana al atardecer. Normalmente, después de un día en la oficina o en el campo de polo, Alejandro se relajaba en la terraza con una copa en la mano. Ver el sol escondiéndose tras los árboles y creando sombras sobre el paisaje era suficiente para hacerlo olvidar los problemas o endulzar una derrota deportiva.

Pero no aquella noche.

Apoyándose en la balaustrada de piedra, dejó escapar un suspiro. Había buscado la oportunidad de hablar con Tamsin durante todo el día, pero ahora que estaba a punto de hacerlo no sabía qué iba a decirle.

La noche anterior se había portado como un patán y lo sabía. Debería haberle dicho que su falta de experiencia le daba igual. Pero eso hubiera sido una mentira y Alejandro D'Arienzo se enorgullecía de decir siempre la verdad.

Y la verdad era que sí le importaba.

Porque lo cambiaba todo.

Había pensado que estaba jugando a su juego, que acostarse con ella sería su victoria... qué imbécil.

La había juzgado mal, estaba absolutamente equivocado sobre ella... y ahora tenía que pedirle disculpas. Había decidido ayudarla con su negocio, pero el mal que le había hecho personalmente no era tan fácil de solucionar. El vestido de noche era una ofrenda de paz, pero totalmente inadecuada. Lo que tenía que ofrecerle era respeto, algo que debería haber hecho desde el principio si no hubiera estado tan obcecado.

Y eso significaba no ponerle las manos encima.

–Hola.

Alejandro se volvió. Tamsin se dirigía hacia él y, de inmediato, la tensión de sus hombros y el dolor en la espalda después del golpe de un jugador de La Maya se convirtieron en algo insignificante comparado con el dolor que sentía en el pecho.

No llevaba el vestido que le había comprado. Su ofrenda de paz había sido rechazada.

–Hola. ¿Quieres una copa?

–¿Habéis ganado el partido?

–Sí.

–Enhorabuena. Yo me marché antes de que empezase el segundo tiempo.

–¿Champán?

–Sí, gracias.

Rosa había dejado una botella de champán en un cubo de hielo y, mientras la descorchaba, Alejandro tuvo oportunidad de mirarla. Si no la hubiera visto cosiéndola ella misma, no habría reconocido la bata de seda azul. La transformación era increíble, milagrosa. Se había convertido en un vestido con un escote que mostraba la delicada piel de su cuello, sujeto a la cintura y con una abertura a un lado que dejaba al descubierto sus piernas cuando se movía...

El deseo explotó dentro de él como la espuma del champán.

¿Cómo iba a dejar de tocarla?, se preguntó.

–Bonito vestido.

–Ah, perdona, debería haberte dado las gracias por el que me enviaste. Era precioso.

–No tienes por qué. Está claro que no te ha gustado.

–Supongo que lo eligió Giselle.

–No –dijo Alejandro. Su ayudante le había dado el nombre del diseñador, pero había sido él quien describió a Tamsin por teléfono: su tamaño, su figura, sus extraordinarios ojos verdes–. Lo había elegido yo mismo.

–Ah –Tamsin lo miró mientras le daba la copa.

–No quiero hacerle creer a nadie que la moda sea uno de mis puntos fuertes. Lo encargué por si acaso... por si no tenías nada que ponerte.

Ella tuvo que disimular su irritación.

«No quiero hacerle creer a nadie que la moda es uno de mis puntos fuertes».

¿Qué quería decir con eso, que ella sí quería *hacerle creer* eso a los demás? De repente se alegró de no haberse puesto el vestido.

–Bueno –dijo, levantando su copa–. Por ti, el ganador. Otra vez. Debe de ser muy aburrido ganar siempre, ¿no?

–Yo nunca doy nada por sentado.

La tensión entre ellos, velada por una fina capa de cortesía, empezaba a resultar insoportable.

–Supongo que deberíamos irnos.

–No hay prisa. Pero te advierto que estas fiestas pueden acabar siendo una pesadilla. Los jugadores de polo son tan apasionados con las mujeres como con sus caballos, así que ten cuidado.

–Ah, gracias por la información, pero no debes preocuparte por mí. Puede que sea virgen, pero no soy una niña pequeña. He estado en muchas fiestas –Tamsin se tomó el champán de un trago–. Y no creo que mi virtud esté en peligro ya que, según parece, soy poco atractiva. ¿Nos vamos?

–Tamsin...

Pero ella ya había entrado en la casa.

Era evidente que no tenían nada que decirse.

Capítulo 13

TAMSIN vio un tanga de encaje rojo sobre uno de los cables de los que colgaban las linternas de papel que iluminaban los jardines del club y, mirando alrededor, encontró el sujetador a juego tirado sobre unos arbustos. Y tras los arbustos se oían los reconocibles gemidos de una pareja haciendo el amor.

Alejandro le había dicho la verdad: los jugadores del equipo de polo no se andaban con contemplaciones.

Habían instalado una serie de carpas en los jardines del club de campo y el efecto era como una fiesta medieval, al menos a distancia. La realidad era bastante menos romántica. Los miembros de los dos equipos rivales hacían cola en las barras para competir bebiendo alcohol mientras algunas parejas bailaban en poses que Tamsin sólo había visto en el *Kama Sutra*.

Y en medio de todo aquello, ella se sentía absolutamente sola.

Desde que llegaron al club había intentado alejarse de Alejandro y no le resultó difícil porque estaba permanentemente rodeado de admiradores; sobre todo mujeres guapísimas, pero también algunos hombres que querían charlar con él o sencillamente formar parte de ese foco de atención. Tamsin estaba decidida a no molestar, de modo que terminó hablando con un montón de personas a las que no conocía y con las que no tenía nada en común.

Apartándose educadamente de una modelo brasileña que sólo hablaba de dietas y moda, se refugió en la carpa más cercana.

–Ah, la esquiva lady Calthorpe –oyó una voz a su lado–. Por fin nos conocemos.

Tamsin se volvió. En la penumbra de la carpa sólo podía ver el brillo de los ojos del hombre y sus blanquísimos dientes.

–Soy Francisco –se presentó–. Juego en el equipo de San Silvana con Alejandro. Deja que te invite a una copa, querida, así podremos charlar un rato.

Volvió un minuto después con una copa de martini y, poniendo una mano en su espalda, la llevó de vuelta al jardín.

–¿Te importa que nos sentemos? –Francisco señaló un banco–. El partido de hoy me ha dejado hecho polvo.

–¿El polo es siempre tan violento? –preguntó Tamsin.

–Es duro, pero entre La Maya y San Silvana es algo más que eso. Es como una batalla.

–Eso me había parecido. La verdad, temía que alguien se hiciera daño de verdad.

–¿Alguien en particular? –preguntó Francisco.

Tamsin lo miró. A la luz de las linternas de papel que colgaban sobre sus cabezas vio que sus ojos eran amables, dulces. Y ella necesitaba tanto confiar en alguien...

–Sí –admitió, tomando un sorbo del cóctel–. Pero no sirve de nada que me preocupe.

–¿Por qué dices eso? Tú eres una chica guapísima.

–Eres muy amable pero, desgraciadamente, no creo que eso sea suficiente. Hay otras... cuestiones –Tamsin suspiró, tomando otro sorbo del delicioso cóctel y comprobando después que su copa estaba ya vacía–. Me gusta mucho. ¿Qué es?

–Vodka con chocolate. Está rico, ¿verdad? –rió Francisco–. Creo que en el cielo deben de tomarlo todo el tiempo, pero como no sé si yo soy lo bastante bueno como para ir allí, lo bebo siempre que puedo. Espera, voy a pedir otro y luego me contarás qué es eso que tanto te preocupa. Quién sabe, a lo mejor puedo ayudarte.

Alejandro se abrió paso entre las parejas que bailaban en la carpa convertida en discoteca.

Tenía que encontrar a Tamsin.

Llevaba toda la noche intentando no alejarse mucho de ella, lo suficiente para comprobar que estaba bien, pero cada vez que se acercaba, ella parecía alejarse. No le faltaban hombres alrededor, pensó. Pero aunque unos días antes eso lo hubiera llenado de desdén, ahora lo hacía sentir protector. Si alguno de ellos le ponía una mano encima...

–¡Eduardo! –Alejandro vio al número cuatro del equipo de San Silvana acercándose a él, su brazo sobre el hombro de una morena con vestido plateado–. ¿Has visto a Tamsin?

–¿Rubia, vestido azul? Sí, claro.

–¿Dónde?

–Está hablando con Francisco ahí, detrás de esa carpa. Pero no sé si querrán ser molestados... ¡Alejandro! ¡Alejandro, espera!

Pero era demasiado tarde. Alejandro D'Arienzo se alejaba a grandes zancadas con expresión asesina.

–Para mí la solución es muy sencilla –Francisco suspiró teatralmente–. No veo por qué ibas a decir que no.

Sonriendo, Tamsin apartó la mano que había puesto en su muslo.

–No saldría bien –le dijo–. Sé que Alejandro me encontraría mucho más atractiva si tuviera experiencia, pero la ironía es que yo no quiero experimentar nada con alguien que no sea él.

Francisco pasó un dedo por su cara.

–Alejandro siempre ha sido un enigma. Llevamos cinco años jugando al polo y sigue habiendo muchas cosas que desconozco de él, pero nunca había pensado que fuera un idiota. Y si no quiere a una chica tan preciosa como tú porque no tiene experiencia en la cama, es que es un idiota.

Tamsin cerró los ojos un momento y respiró profundamente el fragante aire de la noche. Los dos vodkas con chocolate empezaban a hacerle efecto y, aunque media hora antes se había sentido animada, ahora se sentía profundamente triste.

Francisco era tan amable, tan comprensivo, que una parte de ella quería hacer lo que sugería. Había muchas cosas peores que ser iniciada en el arte del sexo por alguien tan dulce y experto como él. Alguien sin complicaciones que no esperaría nada que no pudiese darle.

Y, sin embargo, era absurdo. La idea de acostarse con alguien que no fuera Alejandro le resultaba insoportable. Por eso precisamente se encontraba en aquella situación.

Tamsin le pasó un brazo por los hombros para darle un beso en la mejilla.

–Gracias por escucharme. Hablar contigo...

No pudo terminar la frase porque, de repente, alguien tiró de la pechera de la camisa de Francisco, levantándolo bruscamente del banco. Tamsin dejó escapar un grito al ver a Alejandro, su rostro una máscara de furia.

–¿Se puede saber qué estás haciendo? ¿La has tocado?

Su voz era como el gruñido de un animal salvaje, pero ella, sin dejarse amedrentar, se levantó para colocarse entre los dos hombres.

–No tienes ningún derecho a meterte en mi vida –le espetó–. Ya te he dicho que sé cuidar de mí misma. Además, no podrías haber dejado más claro que no soy nada para ti, así que...

–¿Te ha tocado?

Después de apartar las manos de Alejandro, mirándolo con gesto de advertencia, Francisco se estiró la camisa.

–Creo que esta primitiva exhibición de masculinidad te dice todo lo que querías saber, Tamsin –suspiró, inclinándose para darle un beso en la mejilla antes de perderse entre las sombras.

Alejandro cerró los ojos un segundo.

–¿Te ha tocado? –repitió.

–No, me ha dejado hablar y me ha escuchado como un amigo. Ha sido muy amable conmigo. Se ha ofrecido a... a enseñarme. No me ha presionado, sólo quería echarme una mano...

–Vámonos de aquí –dijo él entonces.

–¿Por qué? ¿Dónde vamos? Ya te he dicho que no soy una niña y no estoy borracha. Soy perfectamente capaz...

Alejandro la tomó del brazo, tirando de ella hacia la puerta del club.

–Me da igual la edad que tengas, lo único que me importa es sacarte de aquí y llevarte a mi cama. Si alguien tiene que enseñarte algo, soy yo –la interrumpió él–. Y lo antes posible.

Mientras volvían a casa, la luna se había escondido como una tímida novia bajo un velo de nubes y la noche argentina era suave y oscura. Pero Alejandro se mostraba tan silencioso, tan distante, que Tamsin pensó que había cambiado de opinión.

–¿Es esto lo que quieres? –le preguntó cuando llegaron a la finca–. ¿Estás segura?

–Sí –murmuró ella–. Es lo que siempre he querido.

El pasillo de la entrada estaba en completo silencio y la luz de la luna le daba el aspecto de una vieja fotografía en blanco y negro. El tiempo se había detenido cuando Alejandro alargó una mano para tocar su cara.

Tamsin contuvo el aliento en la íntima oscuridad. Estaba temblando de deseo, de miedo, de anticipación.

–Vamos a mi dormitorio.

Tamsin no dijo nada mientras la llevaba por la escalera. Arriba, la oscuridad era más intensa. Alejandro, con su traje oscuro, parecía mezclarse con la oscuridad, pero sus dedos eran reales, cálidos.

Lo oyó suspirar mientras la llevaba a la cama; un suspiro que la tocó en lo más hondo. Y una cascada de fuegos artificiales explotó en su interior cuando la tomó por la cintura para buscar sus labios.

–Este vestido... ¿cómo se quita?

–Hay un botón... aquí...

–Yo lo haré –murmuró él, encontrando el botón y dejando que la seda se deslizase hasta el suelo.

Alejandro contuvo un gemido de deseo al verla en ropa interior. Era tan perfecta que deseaba estrecharla entre sus brazos y besarla hasta que no pudiera más. El esfuerzo que hacía para ir despacio, para no asustarla, era monumental.

Pero tenía que ir despacio.

En una vida de continuo esfuerzo físico, aquél iba a ser el más agotador de todos.

–Eres tan preciosa –suspiró, maldiciéndose a sí mismo por la lasciva nota que había en esas palabras. Conteniendo el deseo de poseerla de inmediato, empezó a besarla en el cuello, subiendo por su garganta hasta encontrar sus labios. Estaba mareado por el esfuerzo de contenerse mientras disfrutaba del sabor a vainilla de su piel, el chocolate de sus labios...

La deseaba tanto que no podía esperar más.

Tomándola en brazos, la dejó sobre el edredón y empezó a quitarse la chaqueta y los zapatos. No quería asustarla, de modo que pensó dejarse el resto de la ropa puesta durante unos minutos, pero fue Tamsin quien se incorporó para desabrochar los botones de su camisa.

–Quiero verte... quiero tocarte.

El deseo fue como un ciclón, sacudiendo sus nobles intenciones. Se quedó tan inmóvil como una estatua, conteniendo un grito de puro placer al sentir el roce de sus manos apartando la camisa.

Era tan pura, tan perfecta que casi no se atrevía a tocarla. Sus manos le parecían demasiado grandes, demasiado ásperas para una piel tan suave. Con cuidado, la tumbó de espaldas, acariciando delicadamente sus brazos. Notó que apartaba el brazo derecho, pero siguió acariciándola, arrodillándose sobre ella para pasar la lengua por sus caderas, su pelvis, haciendo círculos sobre su ombligo.

Por favor, por favor...

¿Lo había dicho en voz alta?, se preguntó Tamsin. No estaba segura. Ya no estaba segura de nada.

Alejandro rozó sus braguitas con la lengua y ella contuvo un gemido. Pero cuando las apartó a un lado la sensación fue indescriptible. Levantando las caderas, Tamsin dejó escapar un grito de placer que resultó extraño incluso a sus propios oídos.

Alejandro levantó la cabeza. Había llegado al límite de su resistencia. Tenerla, estar dentro de ella era ahora tan imperativo como respirar.

Nunca había deseado a nadie como deseaba a Tamsin.

Quitándose el resto de la ropa a toda prisa antes de sacar un preservativo del cajón, sintió como si llegara a la meta después de una larga y ardua carrera. Tamsin se había quitado las braguitas, de modo que sólo quedaba el sujetador entre ellos. Alejandro soltó el broche con una mano, incapaz de contener el suspiro de ansia que escapó de sus labios al ver sus pechos desnudos.

–Dime lo que tengo que hacer, Alejandro...

Al final, no tuvo que enseñarle nada. Entrando en ella con una lentitud que dejó sus nervios destrozados, apenas la sintió ponerse tensa un segundo antes de que enredase las piernas en su cintura, arqueándose hacia él y luego, asombrosamente, gritando de puro y abandonado placer.

Alejandro se dejó ir también, su deseo explotando con la fuerza de un trueno en el cielo nocturno, sacudiéndolo de arriba abajo, dejándolo vacío.

Capítulo 14

LOS LATIDOS del corazón de Alejandro sonaban en su oído y el sol argentino tatuado en su pecho era tan cálido como el verdadero sol bajo su mejilla. Tamsin nunca había conocido una paz igual.

En la plateada oscuridad, todo estaba en silencio de nuevo. Los truenos y los fuegos artificiales de unos minutos antes habían desaparecido y ahora estaba como flotando en una playa tropical, sacudida por las suaves olas de placer que seguían acariciando su cuerpo.

Alejandro apartó el flequillo de su frente y, a la luz de la luna, pudo ver que tenía el ceño fruncido.

–¿Estás bien? ¿Te he hecho daño?

Tamsin negó con la cabeza. No podía hablar porque temía decir algo tan ridículo como: «Te quiero».

Él suspiró, alargando una mano para acariciarla suavemente. Pero cuando tocó su brazo derecho, de nuevo sintió que lo apartaba.

–¿Qué ocurre?

–Nada –susurró ella.

–Sí ocurre. Déjame verlo.

–No... –Tamsin intentó apartar el brazo, pero Alejandro la sujetó por la muñeca. Incluso en la oscuridad era fácil ver las cicatrices–. No quiero que las mires.

–¿Por qué? Son sólo cicatrices, marcas de valor.

–Sí, bueno, supongo que ésa es una forma de verlo.

Para mí, siempre serán marcas de debilidad. Y para mi padre también. Él no puede mirarlas... supongo que es por eso por lo que a mí me cuesta tanto.

–¿Qué pasó? ¿Por qué no puede mirarlas?

Las cortinas estaban abiertas y Tamsin podía ver el cielo iluminado por la luna. Se sentía como flotando en el espacio. El pasado parecía distante, como si estuviera mirándolo a través de un telescopio, como si le hubiera ocurrido a otra persona.

–Porque el accidente fue culpa suya, supongo.

–¿Qué accidente?

–El día que cumplí seis años mi padre me compró un poni.

–Ah, claro, un poni, era de esperar –dijo Alejandro, imitando el tono superior de la clase alta inglesa.

–Ya, pero yo hubiese preferido una muñeca porque me daban pánico los caballos.

–¿Y por qué te lo compró entonces?

–Porque mi padre no lo sabía. El miedo era una debilidad para él, así que yo lo escondía a toda costa. Pero... en fin, cuando llegó el poni, en lugar de mostrarme agradecida me negué a montar en él.

Hablaba con tono de broma, pero Alejandro se daba cuenta de que había mucho dolor detrás de esas palabras. Y el odio que sentía por Henry Calthorpe se abrió de nuevo, como una vieja herida.

–¿Y qué pasó?

–Mi padre pensó que estaba siendo grosera y desobediente y se convirtió en una cuestión de disciplina que hiciera lo que me pedía. Al final, él mismo me subió a la silla y yo, muerta de miedo, empecé a patear y a gritar... supongo que asusté al pobre animal, que salió al galope. Se me enganchó un pie en el estribo, así que me arrastró hasta que pudieron pararlo.

Alejandro podía sentir los rápidos latidos de su corazón.

–¿Te hiciste mucho daño?

–Sí, bastante. Afortunadamente, lo detuvieron enseguida.

–Pues tuviste suerte de romperte sólo un brazo.

–Bueno, me rompí más huesos, pero el codo fue lo peor. Tuvieron que operarme varias veces, por eso ha quedado así.

–¿Y tu padre? –preguntó él, acariciando su cara–. ¿Te pidió perdón?

–No –suspiró Tamsin–. Nunca volvió a mencionarlo. Devolvió el poni mientras yo estaba en el hospital y, a partir de entonces, fue como si no hubiera pasado nada.

–Por el amor de Dios...

–No, en cierto modo fue lo mejor. Mi madre y mi hermana me envolvieron entre algodones desde entonces, pero él siguió portándose como siempre. No me trataba de una manera especial y eso era lo que yo quería, en serio. A partir del accidente yo tenía miedo de todo, pero él me hacía esconderlo.

–También te hacía esconder las cicatrices.

–Sí, eso también. Pero supongo que nunca pudo perdonárselo.

Alejandro notó que se llevaba una mano al brazo derecho como la había visto hacer otras veces, pero ahora entendía por qué.

–No tienes que esconderlas, Tamsin. Las cicatrices son como una medalla al valor, demuestran lo fuerte que eres.

Ella puso un dedo sobre sus labios, rozando el corte que se había hecho durante el partido contra Inglaterra.

–Tú también debes de tener cicatrices.

–Cientos de ellas –sonrió Alejandro, sintiendo que su pulso se agitaba de nuevo, su cuerpo cansado despertando a la vida otra vez.

Tamsin se incorporó y la sábana cayó a un lado, dejando al descubierto sus fabulosos pechos. Etérea en la oscuridad, se arrodilló frente él, pasando una mano por su muslo.

–Vamos a ver cuántas puedo encontrar...

Cuando Tamsin despertó, no sabía si era la luz violeta del amanecer que entraba por la ventana lo que hacía que todo pareciese tan absurdamente hermoso o la alegría que había en su corazón.

Pero cuando giró la cabeza para mirar el rostro dormido de Alejandro supo que era lo último. Una celda le parecería un paraíso si despertaba a su lado.

Él se movió entonces, apretando los labios contra su hombro en un tierno beso que la hizo sentir como si tuviera mariposas en el estómago.

–El vestido –murmuró–. Por eso no te pusiste el vestido que te regalé, ¿verdad?

–Sí, por eso.

–¿Dónde está ahora?

–En mi habitación.

Alejandro se levantó de un salto y Tamsin, atónita, se quedó admirando aquel cuerpo fabuloso.

–Vuelvo enseguida –le dijo, envolviendo una toalla en su cintura.

Volvió un minuto después con la bolsa en la mano y Tamsin se sentó sobre la cama.

–¿Qué haces?

–Ven aquí –sonrió, sacando el vestido.

Tamsin se levantó. Estaba desnuda, pero no le importaba, no sentía vergüenza. Alejandro, la sombra de la barba haciendo que pareciese un pirata, la colocó frente al espejo, delante de él. Y, por un segundo, se quedó sin palabras.

Su piel oscura en contraste con la suya, sus poderosos hombros haciendo que pareciese diminuta en comparación. Juntos eran perfectos, no sólo hermosos sino... como hechos el uno para el otro.

Y, por primera vez en su vida desde el accidente, la mirada de Tamsin no fue automáticamente hacia las cicatrices.

–Levanta los brazos.

Ella hizo lo que le pedía, como en trance, y cuando levantó la mirada dejó escapar un gemido de sorpresa.

–¿No te das cuenta de lo guapa que eres?

–Es un vestido precioso –admitió ella.

–No, tú eres preciosa –Alejandro tiró suavemente de su brazo para mirar las cicatrices del codo–. Todo en ti es maravilloso. ¿Es que no lo ves?

Tamsin miró las cicatrices. Quizá estaba diciendo la verdad, quizá no eran tan horribles. Él las había tocado, las había besado.

–No lo sé –sonrió–. Tal vez.

Alejandro se volvió bruscamente para tomar los pantalones de montar, tirados sobre el sofá.

–¿Dónde vas?

–Ya lo verás. Tú vienes conmigo.

Salieron al jardín, a un mundo aún sin despertar, y caminaron sobre la hierba cubierta de rocío, de la mano, sin decir nada. Al llegar a una cerca, donde los recortados setos dejaban paso al bosque, Alejandro se detuvo.

–Espera aquí –le dijo, saltando la cerca.

Sólo llevaba los pantalones de montar y las botas y Tamsin se quedó mirando su musculosa espalda...

¿Dónde iría? Todo le parecía irreal, como sacado de un sueño.

Apoyándose en la cerca, cerró los ojos y respiró profundamente el aire limpio de la mañana. Pensó entonces en Coronet, en Sally y en los problemas que la esperaban en Londres, pero se sentía curiosamente en paz con todo ello.

Al oír un rumor de pezuñas golpeando el suelo abrió los ojos, asustada. Galopando hacia ella, Alejandro parecía un heroico príncipe de cuento en busca de fortuna que ofrecerle a su amada. Y el miedo a los caballos fue atemperado por el inmediato deseo que sintió al verlo.

Se detuvo a unos metros de ella y bajó de un salto.

–No tengas miedo. No voy a dejar que te ocurra nada malo. Ven –le dijo, tomando su mano para ayudarla a saltar la cerca–. Quiero que la conozcas.

–No sé...

–No tengas miedo, Tamsin –repitió Alejandro.

Había tanta seguridad en sus palabras, en su expresión, que se dejó llevar. Los salvajes latidos de su corazón no tenían nada que ver con el miedo al animal y sí con la espalda desnuda de Alejandro. La hierba mojaba el bajo del vestido y su aroma, ya familiar, la envolvía cuando tomó su mano para ponerla sobre la nariz del caballo.

Tamsin dio un respingo cuando el animal resopló, pero su nariz era como de terciopelo y sus ojos eran muy dulces. Mientras acariciaba las doradas crines, Alejandro dejó una estela de besos sobre su hombro, su cuello...

–¿Debo entender que ya no te dan miedo los caballos?

–Creo que lo que estás haciendo se llama terapia de

aversión. Me distraes del miedo con una emoción más fuerte, ¿no?

–¿Y en este caso es...?

–El abrumador deseo de hacer el amor contigo en medio del campo.

–No, aquí no –sonrió Alejandro–. Asustaríamos a los caballos –añadió, poniendo un pie en el estribo para subir a la silla–. Ven, dame la mano.

–No...

–No tengas miedo.

Parecía tan sólido, tan fuerte, tan seguro de sí mismo que Tamsin estaba levantando los brazos mientras hablaba, y Alejandro la subió a la silla, delante de él.

–Yo te sujeto –murmuró, tomándola por la cintura con una mano mientras sujetaba las riendas con la otra.

–Esto es... asombroso. ¡Estoy montando a caballo!

–Si se te da tan bien como tus recién adquiridas habilidades, te apuntaré al equipo de San Silvana –rió él.

Y al oírlo reír, el deseo se abrió paso por su cuerpo como el viento en su pelo. La presión de la silla contra su desnuda piel era un recordatorio de la noche anterior y una promesa del placer que estaba por llegar. Podía sentir la presión de su erección en la espalda y los duros músculos de sus muslos flexionándose mientras urgía al caballo a ir más rápido.

Tamsin dejó escapar un grito de placer.

Era como volar.

El sol empezaba a asomar en el horizonte dejando sólo un velo de rocío sobre la hierba, de modo que era como cabalgar sobre las nubes. La seda del vestido besaba sus piernas y el viento acariciaba su cara. Ante ellos, San Silvana aparecía bajo los primeros rayos del sol como un palacio encantado.

Alejandro tiró de las riendas y el animal se detuvo ante los escalones de la entrada, pero no desmontaron de inmediato. Sin decir nada, él metió una mano bajo el vestido y Tamsin, girándose un poco, le echó los brazos al cuello. El caballo se movía, inquieto, mientras su amante encontraba la humedad entre sus piernas.

El imperioso deseo que había en el rostro de Alejandro la derritió por dentro.

–Tienes quince segundos antes de que explote por combustión espontánea –le dijo ella en voz baja mientras él la llevaba en brazos–. ¿Crees que llegaremos a tiempo a la habitación?

Capítulo 15

HA SIDO maravilloso.

Con un suspiro de felicidad, Tamsin se dejó caer sobre las almohadas. Alejandro rió suavemente, apartando la bandeja de cruasanes y café para dejarla sobre la mesilla.

–¿Te refieres al desayuno o a lo de antes?

–Bueno, yo estaba pensando en el desayuno, pero ahora que lo mencionas... ha sido el *aperitivo* lo que me ha parecido absolutamente delicioso –cerrando los ojos, Tamsin pasó un pie desnudo por la pierna de Alejandro–. Creo, señor D'Arienzo, que voy a tener que hacerle una prueba para saber si toma sustancias dopantes. Pero antes debo comprobar su rendimiento una vez más...

Alejandro tuvo que hacer un esfuerzo sobrehumano para limitarse a besarla en un hombro antes de saltar de la cama.

–No, ahora no. Tengo cosas que hacer.

Verla desnuda entre las sábanas era demasiado para él. Y si no salía de allí de inmediato, pasarían el resto del día en la cama.

La idea era tentadora, desde luego. De hecho, irresistible, pero tenía que hacer unas llamadas. Por Tamsin.

–Duerme un rato –le dijo, mientras se ponía unos pantalones. Con el pelo rubio platino y los labios enrojecidos por sus besos, tenía un aspecto a la vez dulce y abandonado–. Tienes que descansar para poder seguir luego.

Los labios de Tamsin se curvaron en una sonrisa de pura invitación y Alejandro tuvo que hacer un esfuerzo para salir de allí. Mientras recorría el pasillo, iba rezando para que todo saliera bien. Luego, esa noche, podrían celebrar la salvación de Coronet como era debido.

En la cama.

El primer pensamiento de Tamsin cuando despertó fue que lo había soñado todo. Le había ocurrido tantas veces... la noche de pasión entre los brazos de Alejandro D'Arienzo rota por la alarma del despertador. Abriría los ojos y se encontraría sola en la habitación, teniendo que enfrentarse a otra mañana gris...

El vestido de seda verde y los pantalones de montar estaban en el sofá, al pie de la cama, de modo que no era un sueño. Estirándose perezosamente, Tamsin respiró el aroma a Alejandro que había quedado entre las sábanas, incrédula.

No era un sueño, era real. Pero le parecía demasiado perfecto, demasiado increíble.

Cuando miró el reloj, se quedó asombrada al comprobar que era casi mediodía. Nerviosa, saltó de la cama y se envolvió en una toalla para volver a su habitación.

Todo estaba como lo había dejado la noche anterior, cuando se cambió para ir a la fiesta, con el corazón pesándole en el pecho. Mientras se movía por la habitación, recogiendo ropa y cosas tiradas por el suelo, sentía una burbuja de felicidad dentro de ella. Tantas cosas habían cambiado desde entonces... era como si unas pesadas cortinas se hubieran abierto y su vida estuviese frente a ella, llena de promesas.

Distraídamente, tomó su móvil para comprobar si tenía alguna llamada. Serena la había llamado varias veces y su padre también. Tamsin dejó escapar un suspiro al imaginar su reacción si supiera cómo había pasado las últimas doce horas. Y se lo diría, con el tiempo. Por el momento sólo quería hablar con alguien que compartiese su alegría.

Pero cuando estaba a punto de llamar a Serena, el teléfono cobró vida entre sus manos, sonando y vibrando simultáneamente. Riendo, Tamsin se lo llevó a la oreja. Era Jim Atkinson, su contable.

–Dime, Jim.

–Tenemos un problema –dijo el hombre, sin preámbulo alguno.

–¿Qué clase de problema?

–Aún no estoy seguro del todo... pero es muy extraño que haya tanta actividad financiera en tan corto período de tiempo. Sigo intentando entender cómo puede haber pasado, pero he pensado que debías saberlo lo antes posible.

–¿Debía saber *qué* exactamente? –preguntó Tamsin.

–Ha habido una gran actividad en el mercado de valores en lo que se refiere a Coronet. Muchas de las acciones que había disponibles se han vendido de repente.

–Bueno, pero ésa es una buena noticia, ¿no? No puede haber muchas acciones disponibles y, aunque las hubiera comprado una sola persona, eso no es una amenaza para la empresa. Sally y yo somos las socias mayoritarias.

Al otro lado del océano, Jim Atkinson se aclaró la garganta.

–Parece que no es ése el caso. Hace dos horas se vendió otro paquete de acciones y, que yo sepa, sólo pueden ser tuyas o de Sally.

–Pero Sally no haría eso sin decirme nada...

–En fin, ya te he dicho que es todo muy extraño. Sigo intentando entender la información que me llega, pero me temo que estamos hablando de una adquisición hostil.

–¿Pero quién haría eso? ¿Y por qué?

–No lo sé. Te llamaré en cuanto sepa algo más –suspiró Jim–. Tamsin, lo siento.

Ella se quedó mirando el teléfono, atónita. Seguramente estaba exagerando, pensó. Era un hombre tan cauto. Sí, seguro que la llamaría en un par de horas para decirle que todo se había solucionado.

Tamsin dejó escapar un grito cuando, de repente, el teléfono volvió a sonar.

–¡Jim!

–No, cariño, soy yo –era su padre–. ¿Ya te has olvidado de mí? Claro que no me sorprende, hace una semana que no sabemos nada de ti.

–Hola, papá. Perdona, es que esperaba que fuese Jim Atkinson.

–Ah. ¿Algún problema?

–No lo sé. Me ha dicho algo sobre unas acciones de Coronet que se han vendido de golpe, pero seguramente está exagerando. No sé quién querría comprar la empresa en esta época de crisis. Pero además de eso, estoy bien –suspiró ella–. El diseño del uniforme de Los Pumas ya está en marcha, pero Alejandro me ha pedido que diseñe también el del equipo de polo de San Silvana.

Se había puesto colorada al pronunciar su nombre y se alegró de que su padre no pudiera verla. Los nervios la hacían hablar demasiado y tenía que parar antes de contar más de lo que sería sensato. Pero no debería haberse preocupado porque al otro lado de la línea hubo un silencio y cuando Henry habló de nuevo su voz era fría y distante, casi como si no hubiera estado escuchándola:

–¿Atkinson sabe quién ha comprado esas acciones?

–No, todavía no. Cree que Sally podría haber vendido las suyas, pero eso es imposible. Sally nunca haría algo así sin consultármelo.

–A menos que alguien le haya pedido que no te lo cuente.

–¿Y quién iba a hacer eso?

Su padre suspiró profundamente.

–Alguien que sepa que estás fuera del país y que quiera hacerte daño.

–Ah, ya entiendo –dijo Tamsin–. Estás intentando decir que ha sido Alejandro. Papá, por favor, ya sé que no te cae bien, pero...

–No es eso. Es que tiene razones para querer vengarse de mí, hija. No quería contártelo, pero quizá debería haberlo hecho antes de que te fueras a Argentina.

–¿Qué tenías que contarme, papá?

–Las circunstancias en las que Alejandro dejó el equipo de Inglaterra. Fue por lo que ocurrió esa noche en Harcourt Manor... por ti.

–¿Por mí? –repitió ella, sin entender.

–No confiaba en ese hombre y, sobre todo, no confiaba en lo que podría hacer contigo. Yo sabía que estabas loca por él. Todas esas fotografías en tu habitación y el repentino interés por el rugby...

–¿Qué hiciste, papá?

–Yo sabía que Alejandro te haría daño y esa noche, en casa, cuando lo pillé saliendo del invernadero...

–¿Lo echaste del equipo por eso?

–Sí.

–¡Pero es totalmente injusto!

–Lo siento, hija. Estaba intentando protegerte. Lo hice mal y ahora me doy cuenta.

–¿Crees que ha comprado esas acciones para hacerme daño? –preguntó Tamsin entonces–. ¿Perdió su trabajo por mi culpa y ahora está intentando quitarme la empresa?

–Podría equivocarme –dijo su padre–. Podría no haber sido él. Yo sólo quiero advertirte...

–Muy bien, papá, estoy advertida.

Cerrando los ojos, Tamsin cortó la comunicación y se dejó caer sobre la cama. Se sentía enferma y se quedó allí durante largo rato, esperando algo... sin saber qué era.

Y luego el teléfono sonó de nuevo. Era Jim Atkinson.

–He descubierto quién ha comprado las acciones de Sally –le dijo, como era habitual en él sin preámbulo alguno–. Es una compañía con base en Buenos Aires. Se llama Inversiones San Silvana.

–Tengo que hablar con Alejandro.

Giselle se levantó de un salto, colocándose frente a la puerta del despacho como un perro guardián dispuesto a atacarla.

–Me temo que está ocupado, pero le diré que quiere verlo.

–Es muy urgente.

Giselle se encogió de hombros.

–Lo siento –le dijo, con un brillo de malicia en los ojos–. Es un asunto muy importante y me ha pedido que no la dejase entrar.

Sí, claro, pensó Tamsin. «Giselle lo sabe». Había intuido desde el principio que la odiaba y ahora veía que estaba en lo cierto. La ayudante de Alejandro estaba involucrada desde el principio.

–Alejandro no se ha parado a pensar que yo podría descubrir lo «importante» que era ese asunto –replicó–. Estaba dispuesta a pedirle una explicación, pero me temo que no voy a esperar mientras él se queda con todo lo que es mío. Despídame de su jefe.

–Desde luego. ¿Quiere alguna cosa más?

Tamsin vaciló.

–Sí. Puede pedirme un coche para ir al aeropuerto. Estoy segura de que le alegrará mucho hacerlo.

Cuando Alejandro colgó el teléfono, le dolía la cabeza y tenía los hombros rígidos por la tensión.

Menudo día.

Eran más de las cinco y no había parado de trabajar desde que dejó a Tamsin por la mañana. Estaba muerto de hambre y el sitio en el que habían desayunado sería perfecto para cenar y celebrar con champán el nuevo comienzo de Coronet.

La respuesta a los problemas de Tamsin había estado dando vueltas en su cabeza, pero había tomado la decisión esa misma mañana, cuando volvió a estudiar la información que había recabado sobre Coronet en Internet. Una llamada a Sally Fielding, fingiéndose un comprador de Dubai interesado en vender diseños falsos de Coronet en su tienda, había dado resultados inmediatos.

Sally no pudo negar las acusaciones después de eso y tampoco pudo rechazar que comprase sus acciones, que ahora estaban registradas a nombre de una de sus empresas, esperando para devolvérselas a Tamsin.

Tamsin...

Alejandro estiró los brazos, recordándola mientras montaban a caballo con la niebla ante ellos, el calor de su piel, la emoción que había en sus ojos...

Inmediatamente su cuerpo se puso en estado de alerta y después de apagar el ordenador se levantó, impaciente por volver a verla. Y no tenía nada que ver con las acciones de su compañía.

Cuando Tamsin llegó al aeropuerto, el último vuelo a Londres estaba completo. Pero, incapaz de soportar la idea de esperar allí durante toda la noche, sencillamente preguntó qué vuelos había disponibles antes de comprar un billete para Barcelona.

Mientras se dejaba caer sobre el asiento, el terrible dolor que sentía en el corazón se convirtió en un dolor general que se extendía por todo su cuerpo.

El avión tardaba una eternidad en despegar y los pasajeros empezaron a impacientarse, mientras las azafatas iban de un lado a otro intentando calmar los nervios. Pero, de repente, hubo una conmoción en la puerta y todos miraron, perplejos, a un hombre uniformado que se acercaba por el pasillo.

–Lady Calthorpe, acompáñeme, por favor.

Atónita, Tamsin se levantó del asiento sin fijarse en las miradas de curiosidad de los otros pasajeros. Su corazón latía como si fuera a estallar mientras seguía al guardia hasta la puerta del avión... donde se encontró con Alejandro.

–No me lo digas, de repente te ha entrado un deseo urgente de conocer Barcelona –su voz sonaba perfectamente controlada, pero tensa como alambre de espino.

–No, más bien he sentido el urgente deseo de volver a casa para intentar salvar lo que quede de mi negocio. Claro que debería haber imaginado que no sería tan sencillo –Tamsin señaló al hombre que la había acompañado y que, discretamente, se había alejado unos metros–. La corrupción es como una segunda naturaleza para ti, ¿verdad? Sobornar a un oficial de aduanas para que impida el despegue de un avión debe de ser algo normal para un hombre dispuesto a acostarse con alguien mientras intenta robarle todo lo que es suyo.

Los ojos de Alejandro se oscurecieron y un músculo latía en su mandíbula. Tenía la misma expresión de calma letal que había visto durante el partido de polo.

–Sólo quería ayudarte...

Una azafata apareció entonces, muy agitada.

–Debo rogarles que se den prisa –empezó a decir–. Tenemos que despegar lo antes posible.

–¿Intentando ayudarme? –repitió Tamsin–. ¿Cómo, quitándome la empresa? Mi contable nunca había visto una adquisición tan rápida y tan artera, pero no me sorprende. Eres tan frío como despiadado.

–Me emociona que pienses tan bien de mí –dijo él, sarcástico–. Debería haber imaginado que tú sólo aceptas ayuda si luego parece que lo has hecho todo tú sola. Un error por mi parte...

–¿De qué estás hablando?

–Dijiste que habías tenido que competir con otras empresas para conseguir el encargo de los uniformes, pero no es verdad. Tu propuesta fue la única que pasó por el consejo de administración.

–¡Eso no es cierto!

El piloto apareció entonces con cara de pocos amigos.

–Alejandro, tengo que despegar. No puedo retrasarlo ni un minuto más.

Él asintió con la cabeza, sus ojos clavados en Tamsin. Durante casi un minuto, se miraron el uno al otro sin decir nada. Ella sentía como si estuviera cayendo... cayendo. En alguna parte debía de haber un cabo del que podría tirar para abrir el paracaídas, pero no sabía cómo encontrarlo.

Alejandro estaba lívido, con líneas de fatiga alrededor de los ojos. Y luego, con un suspiro, se dio la vuelta y bajó del avión.

Ella se quedó sin aliento. Quería decir algo, hacer que se volviera de alguna forma, pero la azafata la tomó suavemente del brazo para llevarla de vuelta al asiento.

Los pasajeros lanzaron un grito de triunfo cuando el avión despegó cinco minutos después. Pero mientras ascendían hasta el cielo, la sensación que había experimentado antes se incrementaba. Era algo irreal, absurdo, pero Tamsin cerró los ojos y esperó, aterrada, el momento de estrellarse contra el suelo.

Capítulo 16

Cuatro meses después

El estadio de Twickenham desde siempre tenía ambiente de carnaval, pero aquella inesperada tarde de primavera todo el mundo parecía estar de particular buen humor. El Torneo de las Seis Naciones había terminado y el público parecía relajado y contento en las gradas, esperando que empezase el partido amistoso entre Los Pumas y un equipo inglés.

Los Pumas eran unos oponentes formidables y el partido prometía ser muy emocionante pero, en el lujoso confort de la sala de autoridades, Tamsin no participaba de ese buen ambiente.

A su lado, Serena, con un plato sobre su ya muy abultado abdomen, no dejaba de comer.

–Espero que el equipo médico del estadio tenga experiencia en partos –murmuró, cerrando los ojos.

Tamsin la miró, alarmada.

–¿No pensarás que...?

–No, no, tranquila. La verdad, yo creo que este niño no va a nacer nunca. Sencillamente voy a seguir engordando hasta que no pueda moverme. Ah, por cierto, ¿te importaría traerme uno de esos canapés de anchoas tan ricos?

Tamsin tomó el plato, alegrándose de tener una excusa para estar un rato a solas. Se sentía inquieta, nerviosa. La sala, con un balcón que daba al campo, estaba llena de mandatarios de las federaciones inglesa y argentina, todos ellos conocidos de Alejandro. Y, sin poder evitarlo, se encontraba aguzando el oído con la esperanza de escuchar su nombre.

–¿Sólo el canapé de anchoas o quieres también un kiwi y un poco de mayonesa? –bromeó–. No, espera, no tienes que contestar siquiera. Me he convertido en una experta en tus dementes antojos.

–Ríete de mí todo lo que quieras, pero ya verás cuando te toque a ti. Un día tu trasero será del tamaño de Dinamarca y tu nevera estará llena de mayonesa... y ese día te tomaré el pelo como tú me lo tomas a mí.

Cuando se dirigía a la mesa donde habían servido el bufé, la sonrisa de Tamsin desapareció. Le resultaba imposible creer que algún día fuera a estar embarazada. Sobrevivir era lo máximo que podía esperar y eso en los momentos más optimistas. Había destrozado su oportunidad de ser feliz al juzgar mal al hombre que tenía esa posibilidad en sus manos.

–Tamsin...

Ella se sobresaltó al oír la voz de su padre.

–Por favor, cariño, no te vayas. Sólo quiero decir cuánto me alegra que hayas venido. Y lo orgulloso que estoy de ti.

–Al menos el encargo de Los Pumas es algo que conseguí por mis propios méritos –replicó ella.

–Perdóname, hija –suspiró Henry Calthorpe–. Mira, sé que no es el momento, pero no has querido hablar conmigo desde que volviste a casa. Sé que estás enfadada y sólo quiero decirte cuánto lo siento.

–Sí, claro.

–Tu madre siempre dice que tengo que dejarte en paz, que debo dejar que hagas las cosas por tu cuenta, pero... lo hice una vez y no he podido perdonarme a mí mismo desde entonces.

Tamsin suspiró, mientras dejaba el plato sobre la mesa.

–Todo tiene que ver con el accidente, ¿verdad?

–Fue culpa mía y siempre me sentiré responsable por ello. Pero el accidente también me hizo ver lo frágil que eras bajo ese duro exterior... y cuánto te quería. Quise envolverte entre algodones después de eso porque no podía soportar que lo pasaras mal. Sólo quería que estuvieras a salvo, Tamsin. Y pensar que alguien puede hacerte daño...

–Tú me hiciste daño, papá. Tú dejaste claro que no me creías capaz de triunfar por mí misma... de ser amada por quien soy, con cicatrices y todo.

Le quemaba la garganta por el esfuerzo de contener los sollozos. Cada palabra la llevaba de vuelta a Alejandro, a lo mal que lo había juzgado. Había sido tan tierno, tan dulce con ella. Y, en el espacio de una noche mágica, le había enseñado tanto.

Cuando llegó a Inglaterra descubrió que todas las acciones de Coronet estaban a su nombre y que Sally había desaparecido. Alejandro había visto lo que estaba delante de ella desde el principio: que era su socia quien la traicionaba.

No él.

–Lo sé y te pido perdón –dijo su padre–. ¿Aceptas mis disculpas?

–No ha sido culpa tuya –admitió Tamsin–. Pero tienes que prometerme que nunca...

No terminó la frase porque Serena se acercaba a ellos, o más bien el enorme abdomen de Serena se acercaba, con su hermana a cierta distancia.

–Ay, perdón. He interrumpido algo, ¿verdad?

–No, no pasa nada. Sólo estaba advirtiéndole a papá que, si vuelve a interferir en mi vida, cambiaré mi apellido y me iré a vivir al otro lado del mundo.

Henry y Serena intercambiaron una mirada.

–Bueno, el partido está a punto de empezar –dijo su hermana con sorprendente alegría, empujando a Tamsin hacia la puerta–. Creo que deberíamos ir a buscar a Simon.

–¿Para qué?

–Estará tomando champán por ahí y no quiero que se pierda el momento en el que aparezcan tus camisetas. ¿No tienes ganas de verlas?

A Tamsin se le encogió el estómago mientras salía al pasillo.

Las camisetas que no había visto y cuya producción no había podido controlar ya que Alejandro no le devolvía las llamadas. Las camisetas que había diseñado pensando en él. Las camisetas que, en unos minutos, estarían riéndose de ella.

En realidad, no tenía ganas de verlas. Se sentía como un conductor mirando los restos del coche que había estado a punto de matarla.

Fascinada, quizá. Pero totalmente abatida.

Alejandro cerró los ojos mientras escuchaba el estruendo del público que llenaba el estadio, contando los segundos que pasaban con cada latido de su corazón.

Los últimos minutos antes de que empezase un partido eran los peores, pero nunca en su vida había sentido aquella tensión. Sentado a solas en la oscura sala de invitados casi deseaba estar en el túnel, preparado para saltar al campo. Pero la competitividad que lo había empujado siempre había desaparecido. En unos minutos Argentina volvería a enfrentarse con Inglaterra y le daba igual quién ganase.

Era un partido de rugby, nada más.

En la mano sujetaba un papel que había cambiado su vida. La carta de Henry Calthorpe le había llegado a través de un representante de la federación argentina de rugby durante la reunión en la que se decidiría quién iba a ser el patrocinador de los nuevos uniformes.

Esa carta explicaba la sorprendente oferta que había hecho... y de la que ahora no se sentía tan seguro.

Suspirando, Alejandro enterró la cara entre las manos.

¿Qué le había hecho Tamsin Calthorpe? El control siempre había sido fundamental para él, el control y la responsabilidad. Y, sin embargo, ella lo había convertido en un hombre que hacía esperar a aviones, que no podía concentrarse en nada más que en recordar el tacto de su piel y su aroma, que sorprendía a los consejos de administración haciendo ofertas de patrocinio que dejaban a todos con la boca abierta... seguramente dudando de su cordura.

Abruptamente, se levantó para mirar por el cristal que separaba la sala del palco. Durante su carrera como deportista había soportado el dolor y las lesiones. Estaba acostumbrado al dolor físico, pero aquella agonía mental era diferente. Lo torturaba y, en los peores momentos, sabía que haría lo que fuera para librarse de ella.

Matar o curar.

Por eso estaba allí. Por eso estaba a punto de arriesgar su orgullo y su reputación ante el mundo entero.

Porque si Tamsin no lo quería, si no acudía a él, estaba hundido de todos formas.

–Deben de ser las hormonas –se lamentó Serena, apoyándose en la pared–. No recuerdo dónde me ha dicho Simon que iba a estar. ¿Has entrado en esa sala?

–No te preocupes, seguramente estará con los representantes oficiales. Vamos allí y...

–No, espera. Abre esa puerta, por favor.

Hasta el pasillo llegaban los gritos del público y la banda de música que tocaba en el campo.

–Voy, voy, pero no creo que esté aquí –exasperada, Tamsin abrió la puerta. La luz de la sala estaba apagada–. ¿Lo ves? No hay nadie...

No terminó la frase, llevándose una mano al corazón al ver a un hombre mirando por el cristal que daba al palco. Por un momento, su pelo oscuro y sus anchos hombros le habían recordado...

–¿Nadie? Esperaba que hubieras dejado de pensar en mí en esos términos.

Esa voz ronca la llenó de emoción y, en un segundo, su helado cuerpo volvió a la vida. Podía sentir que sus mejillas enrojecían y el calor entre las piernas que seguía a cualquier encuentro con Alejandro D'Arienzo.

Entonces él dio un paso adelante...

Y el mundo se detuvo.

Por un momento sólo pudo mirar su rostro de guerrero, ahora un poco pálido, incapaz de creer que estuviera realmente allí.

–Perdona, no sabía... pensé que no había nadie. De haber sabido que estabas aquí... –Tamsin se dio la vuelta para salir, pero Alejandro se lo impidió.

–Entonces habría viajado catorce mil kilómetros para nada.

–Has venido a ver el partido.

–No, he venido a verte a ti.

–¿A mí? Si querías verme, podrías haberme devuelto las llamadas.

Alejandro puso las manos sobre sus hombros, mirándola a los ojos.

–¿Devolverte las llamadas...? ¿Es que me has llamado?

–Le dejé varios mensajes a Giselle.

Él bajó las manos, suspirando.

–Debió de ser hace tiempo. Despedí a Giselle unos días después de que te fueras. ¿Cuál era el mensaje?

–Llamé para pedirte disculpas... por haber sacado conclusiones equivocadas. Por no confiar en ti.

–Evidentemente, eso debía de ser demasiado difícil de entender para Giselle –dijo Alejandro, sarcástico–. ¿Alguna cosa más?

–Sí, le dije que te diera las gracias de mi parte por lo que habías hecho por Coronet. Yo no sabía que Sally estuviera tras las copias de los diseños y, si tú no hubieras intervenido, lo habría perdido todo... –Tamsin se pasó una mano por el brazo, percatándose de la ironía de esas palabras.

Estaba sin él y lo había perdido todo.

–¿Nada más?

–Hay más, pero... ya no tiene importancia.

–¿No le dirías a Giselle que estabas loca por mí, que no podías vivir sin mí?

–No te preocupes, no le dije eso. Sé que me he portado mal contigo y lo siento mucho. Nos separan muchas cosas y lo nuestro no podría funcionar...

Se le rompió la voz al decir eso. Pero, a través de

las lágrimas, vio ternura en su rostro mientras abría la puerta que daba al palco.

–En ese caso, estoy a punto de ser humillado públicamente.

Los jugadores del equipo de Los Pumas estaban saltando al campo en ese momento y el público empezó a aplaudir. Pero, de repente, uno por uno los jugadores se volvieron para mirar hacia el palco donde estaban ellos. En sus camisetas, en el sitio donde debería estar el nombre del patrocinador, cada uno llevaba escrita una palabra. Cuando el decimoquinto jugador, cuya camiseta llevaba un signo de interrogación, se unió a la fila, la frase estuvo completa:

TAMSIN CALTHORPE TE QUIERO CON TODA MI ALMA ¿QUIERES CASARTE CONMIGO AMOR MÍO?

Los jugadores esperaban, impasibles, con su mensaje de amor impreso en las camisetas mientras el público se quedaba en silencio, expectante. Tamsin se volvió para mirar a Alejandro con los ojos llenos de lágrimas y abrió la boca para decir algo, pero ningún sonido salía de su garganta.

Él tomo su cara entre las manos.

–No sabes lo que he tenido que cavilar para crear ese mensaje exactamente con trece palabras y dos signos de interrogación –murmuró antes de buscar sus labios en un beso lleno de desesperada ternura.

Cuando se apartó, en sus ojos había un brillo de amor que la emocionó.

–Cariño...

–Lo único que he querido hacer durante estos cuatro meses era besarte, pero... ¿te das cuenta de que, además de mí, otras cincuenta mil personas están esperando tu respuesta?

–Sí –murmuró Tamsin–. Mi respuesta es sí. Y ahora, por favor, ¿te importaría volver a besarme?

Y Alejandro lo hizo. Apretándola fuertemente contra su pecho, sujetó su cabeza con una mano mientras hacía el signo de la victoria con la otra para que lo vieran los jugadores y las cámaras de televisión.

El público rugió, encantado con la romántica escena y Los Pumas se abrazaron unos a otros, contentos con su hazaña. En el palco de los mandatarios de la federación de rugby alguien descorchó una botella de champán y empezó a mojar a todos los presentes, como al término de una carrera de Formula 1, mientras los miembros de la delegación argentina estrechaban la mano de los Calthorpe.

Sin apartarse un centímetro, Alejandro tomó a Tamsin en brazos para llevarla de vuelta a la sala y cerró la puerta mientras abajo empezaban a sonar los himnos.

–Sé que es poco respetuoso –le dijo con voz ronca–. Pero estoy seguro de que a nadie le importará que no me levante para escuchar el himno nacional.

Epílogo

RIENDO, Alejandro tiró a Tamsin sobre la cama del avión mientras ella se quitaba confeti del pelo. Después de cerrar la puerta con el pie, se volvió hacia ella con una sonrisa que la llenó de anticipación.

–¿Te he dicho lo guapa que estás hoy? –murmuró con voz ronca, besándola en el cuello.

–Sólo unas cien veces –sonrió Tamsin–. Pero es un vuelo muy largo. Tendrás tiempo de decírmelo unas cuantas veces más antes de llegar a San Silvana.

Alejandro alargó una mano para sacar la botella de champán del cubo de hielo donde Alberto la había dejado y ella suspiró de deseo observando sus largos y expertos dedos mientras la descorchaba.

–Voy a quitarte ese vestido en los próximos cinco minutos y la verdad es que no tenía en mente que hablásemos mucho durante las próximas quince horas.

–¿Ah, no? –sonrió ella.

–Te lo diré de un vez –Alejandro se inclinó para besarla, su cálida mano bajando la cremallera del vestido–. Tamsin D'Arienzo, eres la novia más guapa y más increíble del mundo.

Tamsin se levantó de la cama para dejar que el vestido cayera al suelo y él contuvo un gemido de deseo al verla sólo con unas medias de seda... y unas braguitas diminutas con las palabras «recién casados» bordadas en el frente.

–Ven aquí –dijo con voz ronca.

Tamsin temblaba entre sus brazos cuando por fin Alejandro se apartó para buscar aire, inclinándose para abrir el cajón de la mesilla.

Pero ella no le dejó. Tumbándolo sobre la cama, se mordió los labios para disimular la deliciosa y perversa sonrisa que asomaba a sus labios.

–Cariño –le dijo, tomando su cara entre las manos–. ¿Qué te parece la idea de un niño engendrado durante la luna de miel?